KB119816

초승달 엔딩 클럽

》》 조예은 소설 《《

Yes　No

위즈덤하우스

›› 차례 ‹‹

대보름날

사건은 대보름날에 벌어졌다.

보름달은 사람을 미치게 한다고 하지. 확실히 맞는 말이다. 오늘은 가족들이 모여 오손도손 부럼을 깨는 정월 대보름이고, 우리 집 어른들은 미쳤다. 엄마도 미치고 아빠도 미쳤다. 그리고 나도 미칠 것 같다.

저녁 식사 자리에서 아빠는 말했다.

"내일부터 나는 집에서 저녁 안 먹는다. 알아서들 해결하고, 생활비는 줄여야 한다. 긴축 재정

이야."

내가 왜냐고 묻자 미안한 표정이라고는 눈곱만큼도 없이 답했다.

"돈을 좀 잃었다. 퇴근 후에도 아르바이트 해야 해."

태도가 너무 당당해서 '뭐지? 승진이라는 말을 잘못 들었나?' 싶었다. 엄마가 그 정도는 이제 일도 아니라는 듯이 덤덤하게 얼마냐고 물었고, 아빠는 좀 전보다는 자신 없는 목소리로 답했다.

"오천만 원."

"오천만 원?"

나는 아직 돈을 벌어 본 적이 없지만, 그 돈이 누군가의 일이 년 연봉이라는 사실은 안다. 그리고 아빠 연봉은 내가 알기로 그에 못 미친다. 우리 집은 오천만 원을 선뜻 웃어넘길 정도로 여유롭지 않다.

엄마의 침착한 추궁은 계속되었다. 아빠가 돈

을 잃은 원인은 뻔하게도 가상 화폐 투자 실패였다. 엄마는 그 길로 의자에서 일어나 부엌으로 향했다. 나는 엄마가 이다음 어떻게 행동할 건지 알고 있다. 자주 있는 일이기 때문이다. 엄마는 일단 칼을 집는다. 삼 년 전인가, 외삼촌이 일본으로 패키지여행을 갔다가 전통 시장에서 사 온 명장의 칼이다. 넓게 시작해서 점점 좁아지는 날은 빙판처럼 깨끗하고, 그 끝은 새끼손톱만 한 살점도 포를 뜰 수 있을 만큼 예리하다. 오동나무로 만들었다는 나무 손잡이에는 명장의 이름이 일본어로 적혔는데, 나는 제2외국어로 중국어를 선택해서 뭐라고 읽는지 모른다.

엄마는 칼을 들고서 아빠에게로 간다. 진짜 찌를 의도는 아니고 순전히 위협용이다. 너 죽고 나 죽자고 외치며 마구 난동을 부리다가 지치면 슬그머니 칼을 내려놓고 주저앉아 욕설을 지껄인다. 그러면 아빠는 기다렸다는 듯이 발로 칼을 밀어 시야에서 치워 버린다. 이제 아빠가 목청을 키울 때다. 아빠의 레퍼토리는 너무 지겨워서 따로 말하기도 귀찮다. 대충 이런 식이다. 이게 다 한 몸 바쳐 가정을 유지하기 위함이 아니냐, 큰돈을 벌려면 큰돈을 들일 줄 알아야 한다, 이건 결국 다 지나가는 해프닝이다……. 당연히 엄마의 화는 식지 않고, 끝내 아빠를 향해 달려들어 어깨나 팔뚝을 좀비처럼 물어뜯는다. 아빠가 비명을 지르며 '이 여편네야!' 하고 욕을 내지르면 이제 진정한 싸움이 시작되는 것이다.

그쯤 되면 나는 자리를 피한다. 이 공간에서 나는 없는 사람이 된다. 아빠는 비장의 무기, 엄마가 나를 낳은 직후 산후 우울증을 핑계로 벌인 일탈을 꺼내 든다. 단골 마트 알바생 청년과 데이트를 할 뻔한 일이다. 엄마는 언제 적 이야기냐고 콧방귀를 뀌는데, 사실 나는 엄마가 그 알바생 청년 말고도 두부 가게 아저씨와 주민 센터 댄스 스포츠 강사를 만난 것까지 알고 있다. 딱히 아빠를 위해서가 아니라 정말 피바람이 불까 봐 무서워 입을 다물었을 뿐이다. 그리고 나 같아도, 맨날 사고를 벌이고 수습하느라 폭삭 늙은 아빠보다는 전국두부축제미남대회에서 진을 차지한 두부 가게 아저씨가 더 끌릴 것 같다.

지금은 저녁 여덟 시 사십오 분, 나는 보란 듯이 겉옷과 간단한 세면도구, 복대형 전기장판까지 챙겨 현관문을 나섰다. 일부러 발소리도 크게 냈는데 엄마와 아빠 둘 중 누구도 나를 붙잡지 않았다. 아무도 나에게 이 시간에 학생이 어딜 가는 거냐고 묻지 않는다.

이게 지금 내가 학교 별관 생물실 실험대 밑에서 몸을 웅크리고 잠들게 된 이유였다.

"전기장판 안 챙겨 왔으면 얼어 죽을 뻔."

입춘도 지나고 삼월이 가까워 오지만 심야의 별관은 소스라치게 서늘했다. 유일하게 전기가 들어오는 바닥의 낡은 콘센트를 찾아 플러그를 꽂은 뒤 전기장판에 몸을 한껏 웅크렸다. 복대형이라 옆구리 정도 데워지는 게 다였다.

처음부터 이곳에 이러고 있을 생각은 없었다. 우리 학교의 상위 삼 퍼센트 성적 우수자만이 묵을 수 있는 기숙사는 일 년 삼백육십오 일 불이 켜져 있다. 서울대 입학을 목표하는 우등생 친구 연준의 도움을 받아 하루만 기숙사 침대에서 신세를 질 생각이었다. 그런데 하필 여자 화장실에서 라이터가 발견되는 바람에 사감이 불시 점검을 벌여 몰래 들어갈 수 없게 되었다. 연준이 점검이 끝나면 연락 준다고 했지만, 그때가 언제일지 몰라 일단 기숙사와 가까운 별관에 숨어들게 된 것이다.

몇 년 전에 거금을 들여 본관 건물을 리모델링하면서 특별실이 모인 별관은 버려지다시피 했다. 요즘엔 생물실이나 물리실험실, 가정학습실 같은 공간은 잘 사용하지 않으니까. 그나마 본관 도서실 공간이 협소해 별관 도서실만 정상 운영한다.

워낙에 잘 쓰지 않는 건물이라 깜빡한 건지 아니면 하도 오래돼서 고장 난 건지, 다행히도 별관 자물쇠가 풀려 있었다. 생물실은 일 층 복도의 가장 안쪽에 있다. 스산하기 짝이 없는 생물실을 고른 이유는 열린 곳이 생물실밖에 없었기 때문이다. 다른 특별실은 녹슨 자물쇠로 단단히 잠겼는데 생물실만은 꼭 들어오라는 듯 빼꼼 열려 있었다. 나라고 변태도 아니고, 뭐라도 튀어나올 것 같은 이런 공간에서 자고 싶지는 않았다. 하지만 한낱 공포심보다 추위와 스트레스를 한껏 머금어 피곤한 몸을 눕히는 게 우선이었다.

"그러고 보니 별관에 얽힌 괴담이 있었는데. 뭐였더라?"

모든 학교에는 괴담이 있다. 더군다나 곧 개

교 백 주년을 맞이하는 우리 학교는 온갖 종류의 괴담이 난무했다. 목이 없는 소녀 귀신이 나온다는 클래식한 이야기에서부터, 기숙사생들이 창밖으로 마주친다는 변태 귀신, 심야의 급식실에 울려 퍼진다는 흐느낌 등등.

보름달이 뜨는 날, 별관을 통해 다른 차원의 세계로 갈 수 있다는 괴담도 그중 하나였다.

나에게 이 괴담을 이야기해 준 건 연준이었다. 연준은 엄격한 집안 분위기와 그로 인한 학업 스트레스를 무서운 이야기로 푸는 오컬트 마니아다. 물론 괴담이니만큼 출처는 불분명하다. 내용은 인터넷에 떠도는 여느 이세계 괴담과 유사했던 걸로 기억한다.

'그 세계는 시간도 흐르지 않고, 모든 게 멈춰 있대. 적막한 세상에서 유일하게 살아 움직이는 건 식인 괴물뿐이야. 그 괴물에게 잡아먹히면 다시는 이쪽 세상으로 못 돌아온대. 그니까 아예 못

돌아온다는 게 아니라 돌아와도 시름시름 앓거나 사고를 당해 죽어 버린대. 저주를 받은 거지.'

괴물과 저주라니, 판타지가 따로 없다. 자고로 괴담이란 구체적일수록 거짓말처럼 느껴져서 오히려 긴장감이 떨어지는 법이다. 연준은 미적지근한 내 반응이 재미없다고 삐지곤 했다. 어쩔 수 없다. 나는 상상력이 부족한 편이라 이야기꾼에게는 최악의 청자였다. 진짜 무서운 건 괴담이나 괴물이 아니라 오늘 우리 집에 들이닥친 평범한 불운과 당최 답이라고는 없어 보이는 내 앞날이다. 이 와중에도 졸음이 몰려왔다. 나는 양털 플리스에 몸을 파묻고서 눈을 감았다.

다시 눈을 떴을 땐, 아직 밤이었다. 잠들기 전보다 더 고요하고 어두워서 우주가 배경인 꿈을 꾸고 있는 걸까 싶었다.

붉은 생물실

꽤 시간이 흐른 것 같은데 연준은 감감무소식이었다. 손등으로 입가에 흐른 침을 문질러 닦고서 휴대폰을 확인했다. 환히 빛나는 액정 상단에 '00:00'이라는 모호한 숫자가 떠올랐다. 시간만 이상한 게 아니라 데이터도 메시지도 전부 불통이었다. 그 순간 내가 느낀 공포감은 기묘한 현상 그 자체보다 휴대폰이 고장 났을지도 모른다는 점에서 기인했다. 내 휴대폰은 사용한 지 사 년째인 알뜰 폰인데, 이미 하단 모서리에는 금이 갔다. 이렇게까지 먹통이면 수리가 힘들지도 모른다.

"아, 돈 없는데."

갑작스레 서러움이 밀려왔다. 휴대폰을 이리저리 눌러 보았지만, 벽돌이 된 것마냥 반응이 없었다.

"진짜 죽고 싶다."

죽고 싶다. 암울한 중학생이라면 '배고프다'만큼이나 자주 내뱉는 말이라고 자부한다. 어른들은 모르겠지만 고작 열다섯 살인 나는 아빠가 오천만 원을 잃은 것보다 고작 휴대폰이 고장 난 일로 죽고 싶어질 수도 있다. '죽고 싶다' 앞에 '진짜', '개', '미친', '존나'라는 수식어를 잔뜩 붙여 가며 중얼거리는 와중에 이상한 게 눈에 띄었다. 휴대폰을 쥔 내 손가락이 분홍 소시지처럼 빛났다.

낯설게 느껴지는 손가락을 빤히 관찰했다. 붉

은빛 때문이었다. 어둑했던 생물실 안이 은은하게 밝아진 데다 전체적으로 불그스름한 빛이 감돌았다. 실험대 밑에서 나와 주변을 둘러보았다. 조명 같은 건 어디에도 없었다. 생물실은 인위적인 조명이 아니라 지극히 자연스럽고 포괄적인 어떤 빛에 의해 붉게 물들었다. 창가로 다가갔다. 커튼 너머로 밤하늘이 보였다. 밤하늘에 뜬 보름달이 갓 쏟아진 피처럼 붉었다.

"스트로베리 문?"

언젠가 연준이 스트로베리 문을 보겠다며 자습을 째고 뒷산에 올라 호들갑을 떨었던 일이 떠올랐다. 붉은 달은 태양과 달의 거리가 멀어져 나타나는 현상이라고 들었다. 그런 달이 있다는 건 알았지만, 이렇게 온 세상을 핏빛으로 물들이는지는 몰랐다. 연준이 보여 준 사진 속 달은 이 정도로 붉지는 않았는데. 오히려 연한 분홍색에 가까웠다.

커튼을 닫고 돌아선 순간, 코앞으로 다가온 무언가가 시야를 가득 채웠다. 동시에 낯선 냄새가 코를 찔렀다. 유독성을 드러내듯 눈가가 매웠다. 반사적으로 코를 틀어막고, 창에 등을 붙인 후 간신히 눈을 떴다.

가장 처음 머릿속에 떠오른 건, 투명한 진흙이었다. 차갑고 축축한 덩어리. 오묘한 빛깔의 둥그스름한 형체 한가운데에 커다란 구멍이 뚫려 있었다. 눈도 없고 코도 없었지만, 그 구멍은 꼭 입처럼 보였다. 구멍 안쪽으로 희게 빛나는 뾰족한 이빨이 보였으니까. 질척한 피부는 계속 줄줄 흘러내렸다.

꼼짝도 할 수 없었다. 숨조차 쉬지 못하고 그 자리에 목석처럼 굳었다. 연준이 들려준 괴담이 머릿속을 스쳐 지나갔다. 지금 눈앞에 있는 건 아무래도…… 괴물이 맞는 것 같다. 그럼 여기가 다른 차원이라는 말이야?

내 의문에 답하듯 괴생명체가 입을 찢어지도록 벌리고서 굉음을 내질렀다. 나는 본능적으로 몸을 틀어 달렸다.

"도대체 저게 뭐야?"

뭐가 뭔지 하나도 모르겠다. 일단은 도망치는 게 우선이었다. 두 발로 서 있던 괴물은 사람보다는 곤충의 비율에 가까운 긴 팔과 다리를 허우적거리며 네발로 쫓아왔다. 괴물이 발을 내딛거나 몸을 크게 움직일 때마다 질퍽이는 소리가 났다. 나는 눈을 질끈 감고 계속 달렸다. 달리는 걸 멈추는 순간 붙잡힐 것이다. 주변에는 아무도, 정말 아무도 없었다. 이 고요한 세상에 존재하는 건 나와 괴물 둘뿐인 것 같았다. 하여간 운도 지지리 없는 날이다. 달리면 달릴수록 힘이 빠져 속도가 느려졌다. 심장과 근육이 더 이상은 무리라고 소리를 질러 댔다. 연준은 괴물에게 붙잡히면 무사히 돌아갈 수 없다고 말했다. 저주를 받게 된다고. 그건 죽음을 뜻하는 걸까? 나 죽는 건가?

한참을 발길 닿는 대로 뛰었다. 오래 달렸다고 생각했는데, 정신을 차려 보니 겨우 복도 끝에 위치한 화장실이었다. 등에 닿는 차가운 타일 벽의 감촉이 꿈이라고는 믿어지지 않을 만큼 선명했다. 더 이상 도망치려야 도망칠 길이 없었다. 이곳에 있는 문이라곤 조그마한 환풍구뿐이었다. 유일한 출입문에는 한껏 이빨을 드러낸 괴물이 버티고 서 있다. 섬뜩한 잇새에서 투명하고 끈적한 점액이 질질 흘러내렸다.

악착같이 도망친 게 무색해졌다. 눈앞의 현실을 받아들이자 전신에 힘이 쫙 빠져나갔다. 주마등이라고 했던가? 평범하게 최악이었던 오늘 하루가 영화 필름처럼 한 장면씩 재생되었다. 진로 상담 후 한숨을 쉬던 담임의 얼굴, 아빠가 저지른 사고와 엄마의 난동, 늘 한결같이 한숨이 나오는 콩가루 집안, 망한 성적과 먹통인 휴대폰. 지금 내 모습이 휴대폰과 똑같다는 생각이 들었다. 제대로 작동하지 못하고 벽돌처럼 그냥 있을 뿐이다.

괴물이 한 발씩 느리게 다가왔다. 맛있는 반찬을 아껴먹듯이, 일부러 한입에 잡아먹지 않고 뜸을 들이는 게 분명했다. 나는 저항하는 대신 몸을 공벌레처럼 말아 웅크렸다.

어쩌면 지금 괴물에게 잡아먹히는 편이 편할지도 몰라. 그럼 아무런 기대 없는 현실을 끝낼 수 있잖아. 이 끝에 몰려서야 그런 생각이 들었다.

"아프지만 않으면 좋겠다."

촉수처럼 길쭉한 괴물의 혀가 내 오른쪽 뺨과 턱을 쓸었다. 소름 끼치도록 미끌미끌한 감촉이었다. 목덜미에 힘이 바짝 들어갔다. 지금 날카로운 것이 살을 찢는다면 분명 엄청나게 많은 피가 쏟아질 것이다. 괴물의 입이 한 번 더 크게 벌어지면서 꽃잎처럼 겹겹이 자라난 이빨을 세웠다. 나는 속으로 중얼거렸다.

'연준, 나 먼저 갈게. 그동안 네 괴담 컬렉션을 무시해서 미안. 전부는 모르겠지만 별관 생물실 괴담만은 진짜였어……'

그 순간, 화장실에 발랄한 휴대폰 벨 소리가 울려 퍼졌다.

연준에게서 걸려온 전화였다. 붉은 괴물의 입이 내 머리로 달려드는 동시에 전화를 수신했다. 붉은 세상이 암전했다. 나는 까마득한 구덩이에 떨어지는 감각과 함께 눈을 질끈 감았다.

다시 눈을 떴다.

처음 잠들었던 생물실 실험대 밑이었다. 시야는 더 이상 붉지 않았다. 휴대폰 액정 너머로 연준의 목소리가 들려왔다. 서둘러 귀에 가져다 댔으나 그사이 전화가 끊겼다. 나는 얼떨떨한 기분으로 잠들기 전과 하나 다를 것 없는 생물실을 둘러보았다. 붉은 달도 괴물도 없었다. 휴대폰도 멀쩡하게 작동했다. 믿기지 않았다. 그 모든 게 다 꿈이었다고? 하지만 괴물이 얼굴을 핥던 감촉이 아직까지도 선명했다. 무의식적으로 얼굴에 손을 가져갔다. 손바닥에 정체를 알 수 없는 끈적한 점액이 묻어 나왔다.

"무슨 일이 있었던 거지?"

때맞춰 생물실 문이 활짝 열렸다. 짜증스러운 얼굴의 연준이 어둠을 뚫고 큰 보폭으로 다가왔다.

"여기 있었네. 왜 전화를 받아 놓고 아무 말도 안 해?"

"내가 전화를 정말로 받았어?"

"얘는 갑자기 무슨 소리야? 어디냐고 물었는데 네가 아무 답도 안 해서 별관을 한참 뒤졌다고. 그래서 내가 짜증내는 거잖아. 폐문 시간 다 됐는데."

연준이 눈을 흘기다 고개를 가로저었다.

"잠이 덜 깼나 보네. 그나저나 오늘 사감 진짜 대박이었어. 소지품 하나하나 다 뒤집어 놓고도 아무것도 못 발견하니까 혼자 신경질 났는지 연설을 무슨 한 시간을 하더라. 이거 학생 인권 위반 아니야? 그런데 넌 얼굴에 그게 뭐야? 침을 뭐 그렇게 많이 흘렸대?"

"이거 내 침 아니야."

"그럼 누구 침인데?"

가까이 다가온 연준이 내 손바닥을 확인하고는 "으엑." 하고 이상한 소리를 냈다. 나는 얼떨떨한 목소리로 중얼거렸다.

"네가 해 준 별관 생물실 괴담, 그거 괴담이 아니라 진짜 같아. 아니, 진짜야."

초승달 엔딩 클럽

괴담을 좋아하는 연준은 내 이야기를 흥미롭게 들었지만 믿지는 않았다. 오히려 무서운 이야기를 좋아하는 것과 믿는 건 다르다며 선을 그었다. 그저 스트레스와 공포심 때문에 생생한 악몽을 꿨을 뿐이라고 말했다. 확실히 그 편이 말이 되었다. 하지만 모든 게 꿈이라면, 얼굴에 묻은 점액은 뭐지? 태어나서 그토록 사실적인 꿈을 꾼 적은 없었다.

얼이 빠진 채로 연준의 아늑한 기숙사 방 화

장실에서 몸을 박박 씻었다. 후끈한 온수에도 찝찝한 기분은 쉽게 사라지지 않았다. 연준과 나란히 좁은 침대에 누운 뒤에도 계속 붉은 생물실을 떠올렸다. 피부를 갉아먹는 듯한 적막의 세계를. 눈을 감자 곧이라도 내 머리를 물어뜯을 것 같던 괴물의 얼굴이 나타났다. 나는 몸서리치며 작게 읊조렸다.

"그래. 그런 끔찍한 게 다 진짜일 리 없지."

하지만 진짜일 리 없다는 쪽으로 기울던 내 마음은 그날 저녁, 조금 다른 방향으로 바뀌었다. '그럴 리 없다.'가 아니라 '그럴 리 있다.' 혹은 '진짜여야만 한다. 진짜였으면 좋겠다.'로.

하루 만에 귀가한 집은 그야말로 난장판이었다. 아빠는 베란다에서 초췌한 몰골로 담배를 피우고 있었고, 굳게 닫힌 안방에서는 엄마의 타령을 닮은 한탄이 들려왔다. 나에게 집이라는 공간이 안락함을 잃은 지는 한참이었다. 뜨거운 물에

잠긴 것처럼 숨 막히는 집보다 식인 괴물이 나돌아 다닐망정 고요한 생물실이 낫다는 생각이 들 정도였다.

아빠는 하루 만에 돌아온 나를 향해 라면이나 끓여 보라고 말했다. 결국 한숨을 내뱉으며 라면 두 개를 끓였고, 냄새가 퍼지자 엄마와 아빠는 슬그머니 다가와 식탁에 앉았다. 두 사람은 대거리를 주고받으며 부지런히 내가 끓인 라면을 먹었다. 그사이에 알게 된 사실이 몇 개 더 있다. 먼저, 아빠가 날린 돈이 오천만 원이 아니라 육천만 원이라는 것이다. 그리고 엄마가 애지중지 모은 비상금을 전부 털어 급한 빚 이천만 원을 결국 해결해 줬다는 것이다. 그 이천만 원은 엄마가 아빠 몰래 온갖 잡다한 아르바이트를 뛰어 모은 내 대학 진학 자금이었다. 두부 가게 아저씨가 선물해 준 금팔찌를 팔아 번 돈과 여덟 살부터 빼앗긴 내 세뱃돈도 포함되어 있을 터였다.

"왜 이 지경이지?"

문득 혼잣말을 중얼거렸다. 혼잣말이지만 그리 작지 않은 목소리였으니, 엄마와 아빠 둘 다 들었을 것이다. 두 사람 다 슬쩍 시선을 피할 뿐 아무 대꾸도 하지 않았다. 나는 이제 어디서부터 어디까지가 어떻게 잘못되었는지도 모르겠다. 애초에 이 가족이 왜 유지되어야 하는지도 모르겠다. 유지의 이유가 만에 하나라도 나라면, 이것만큼 최악인 건 없을 것 같았다. 하지만 "내가 누구 때문에 이혼을 못했는데."라며 신세를 한탄하는 엄마의 중얼거림을 듣자 하니, 아무래도 최악이 맞는 듯했다. 나는 정말이지 지긋지긋하다고, 나아질 구석이라고는 보이지 않는 이 집에서 도망치고 싶다고, 가능하면 이 세상에서 영영 사라지고 싶다고 생각했다.

그때, 불현듯 붉은 생물실이 떠올랐다.

라면을 먹는 둥 마는 둥 하고 방에 틀어박혔

다. 이 폐허와 다름없는 집에서 벗어나려면, 아무 가능성도 보이지 않는 미래에서 도망치려면 어떻게 해야 할까? 아예 태어나지 않았으면 좋았을 테지만 이미 태어나 버렸으니 방법은 하나였다.

목숨을 끊는 방법은 가지각색이다. 하지만 그중 무엇 하나 쉬운 건 없다. 사실 스스로 직접 모든 걸 준비하고 해내야 한다는 점에서 그것은 보통의 죽음보다 훨씬 큰 용기와 실행력을 필요로 한다. 나는 자주 머릿속에서 실행 장면을 상상했으나, 그뿐이었다. 먼저 춥거나 아픈 게 싫었고 (겨울 강물은 너무 춥다.) 남에게 폐를 끼치기도 싫었다.(건물에서 떨어지면 그걸 치우는 사람도, 건물 주변 사람들에게도 트라우마를 남기게 된다. 최악의 경우엔 지나가는 행인 위로 떨어질 수도 있다.) 돈도 없었다.(독극물을 구하려면 돈이 필요하다.) 이런 핑계에 가까운 자질구레한 이유들로 선택을 외면해 왔건만, 어제 붉은 생물실의 괴물을 발견하면서 번쩍 아이디어가 떠올랐다.

그러니까, 괴물에게 잡아먹히면 내가 딱히 무엇을 하지 않아도 죽을 수 있다. 어젯밤처럼 괴물이 이빨을 세우고 달려들 때까지 눈을 감고 가만히 서 있으면 되는 것이다! 그건 간단하다. 비슷한 방법으로 '빠르게 달리는 트럭 앞에 뛰어들기'가 있지만 이 경우엔 실패 가능성도 있고 애꿎은 운전자에게 끔찍한 기억을 심어 줄 수밖에 없다. 그에 비하면 얼마나 깔끔한 방법인지. 괴물이 고통을 느낄 새도 없이 머리를 한 번에 와작 씹어 주면 좋겠다. 확실하고 명쾌한 해답에 머릿속이 개운해졌다.

'그 괴물에게 잡아먹히면 다시는 이쪽 세상으로 못 돌아온대. 그니까 아예 못 돌아온다는 게 아니라 돌아와도 시름시름 앓거나 사고를 당해 죽어 버린대.'

그게 지금 내가 가장 바라는 것이었다. 다음

29

보름달이 뜨기까지는 한 달가량이 남았다. 차근차근 끝을 준비하기에 충분한 시간이었다. 유서를 남기는 게 좋을지, 남긴다면 뭐라고 적는 게 좋을지 고민이 들었다. 그러다 불쑥 다른 걱정이 솟아올랐다.

내가 무의식적으로 도망치면 어쩌지?

지난밤의 괴물을 떠올리면 아직도 손끝이 떨리고 심장이 거세게 뛰었다. 죽기 위해서는 그 세계로 다시 가야만 하는데, 어제처럼 아무것도 모른 채 툭 떨어지면 모를까 혼자 다시 가는 건 무서웠다. 그리고 좀 외롭기도 했다. 어차피 죽으면 다 끝이지만, 그렇기 때문에 마지막으로 함께할 사람이 있으면 했다. 연준처럼 너무 가까운 친구에게는 이런 마음을 털어놓을 수 없다. 좋아하는 친구가 마음 아파할 테니까. 적당한 거리감을 원했다. 그다지 소중하지 않은 이들. 내가 날것의 감정을 쏟아내도 신경 쓰지 않을 수 있을 정도의 얄팍한 관계. 그러다 떠오른 것이다. 뜻이 비슷한 아이들을 모아 함께 가면 좋지 않을까? 죽고 싶은 중학생이 전교에 나 하나뿐은 아닐 테다.

다음 날, 나는 부끄러움을 무릅쓰고 학교 대나무숲 SNS에 글을 하나 올렸다.

오컬트 / 미스터리 / 괴담 동아리 모집합니다.

죽음과 삶의 경계를 진지하게

고민하고

싶으신 분들

은밀한 미스터리를 즐기는 분들

친구들과 함께 모여

구린 기분은 털어 내고

들판을 달리듯 시원하게

모여서 이야기 나누어 봅시다. 상담 문의 환영.

오픈 채팅방 링크 첨부합니다. 익명 절대 보장!

많이 바라지는 않는다. 한두 명이어도 좋다. 사이비 영업 지라시 같은 게시글은 내 요청에 따라 딱 두 시간 동안 올라가 있었다. 맨 앞자리 글자만 읽는 건 학교 선생님들도 쉽게 알아채는 꼼수라 오래 올려 둘 수는 없다. 대나무숲은 학교 어플 밖 SNS에서 운영하는 계정이었지만, 누군가 위험 게시글이라며 학교에 신고할 수도 있었다.

오픈 채팅방에는 다섯 명이 들어왔다. 생각보다 많아 놀랐다. 그중 두 명은 단순한 호기심으로 들어온 게 빤히 보여서 내쫓았고, 한 명은 안타깝게도 '진짜' 오컬트 마니아였다. 파푸아 뉴기니의 원시 부족 민속 신앙과 중세 시대 유럽에서 성행한 마녀사냥의 고문법에 대해 묻지도 않은 소리를 줄줄 늘어놓길래 가차 없이 내보냈다. 그렇게 두 명이 남았다. 두 사람은 별다른 말은 하지 않고, 이렇게 물었다.

불행한 삼색 고양이

앞자리 글자만 읽는 거 맞지? 나 진짜 죽고 싶은데.

까다로운 뱁새

나도야.

불행한 삼색 고양이

장난 아니라 진짜야 나는. 오늘 인생 종쳤어.

까다로운 뱁새

누군 아니래?

그런데 글 올린 이유는 뭐야?

독약이라도 가지고 있어?

고민하다 답했다.

울적한 쿼카

만나서 설명해 줄게.

내일 5시 학교 별관 생물실에서 봐.

자세한 건 직접 설명해야 할 듯싶었다. 두 사람이 진짜 죽고 싶어 하는지, 단순히 하소연할 사람이 필요해서 들어온 건지도 가늠해야 했다. 나는 뜻이 맞는 사람을 찾고 싶을 뿐이지, 선택을 부추기려는 건 아니었다. 물론 두 사람이 내 이세계 경험담을 어디까지 믿을지는 알 수 없지만. 솔직히 나라도 안 믿을 것 같은 이야기이긴 했다.

내가 두 시간 동안 올린 게시글은 다음 날 학교에서 소소하게 화제가 되었다. 어떤 아이는 유치하다고 욕했고, 어떤 아이는 위험한 일이 벌어질 수도 있는 거 아니냐며 무서워했다. 학교 선생님 귀에도 들어갔는지 담임은 금요일 오후에 자살 방지 교육이 잡혔다는 안내와 함께 무분별한 온라인 채팅 만남의 위험성에 대해서 무려 삼십 분 간 설파했다. 안타깝게도 제대로 듣는 아이들은 거의 없었다. 그런 말로 무언가 해결된다면 이 세상에는 어떤 문제도 존재하지 않았을 것이다.

어쨌든 나는 하교 후 별관 생물실로 향했고, 그곳에서 오픈 채팅방의 두 사람을 마주했다.

"옆 반 맞지? 같은 반이었던 적은 없는 거 같은데."

불행한 삼색 고양이가 팔짱을 낀 채로 물었다. 나는 고개를 끄덕였다. 불행한 삼색 고양이는 나를 모르겠지만, 나는 불행한 삼색 고양이를 알았다. 까다로운 뱁새도 아는 얼굴이었다. 눈앞의 두 사람에 대한 당황스러움이 앞섰으나 일단은 최대한 침착하게 본론을 꺼냈다.

간밤에 겪은 일부터 생물실의 괴담, 그리고 야무진 내 계획까지 빠르게 설명을 끝마쳤다. 입 밖으로 뱉고 나니 한결 허황되게 느껴졌다. 가만히 듣고 있던 불행한 삼색 고양이가 미간을 찌푸리며 되물었다.

"그래서 네 말은, 우리가 그 괴물에게 잡아먹히면 딱히 스스로 뛰어내리거나 독을 먹지 않아도 죽을 수 있다는 거야?"

조마조마한 마음으로 고개를 끄덕였다. 상대
는 뜻밖에도 눈을 동그랗게 뜨고서 해맑게 답했
다.

"좋아! 딱 내가 원하던 거야. 난 평범하게 죽
기는 싫거든. 미스터리를 남기고 죽고 싶어. 그래
야 오래 회자될 테니까."

이번에는 까다로운 뱁새가 불행한 삼색 고양
이를 죽일 듯 노려보며 시비를 걸었다.

"너 같은 애들도 죽고 싶은 기분이 들어? 할
줄 아는 거라곤 조용한 애들 괴롭히고 시비 걸다
거울이나 보는 거면서. 머리도 텅텅 빈 게."

"너 뭐라고 했어?"

두 사람은 금방이라도 머리채를 잡고 싸울 듯
한 분위기였다. 험악해진 두 사람 사이를 비집고
들어가 떨어뜨려 놓았다. 나는 뭔가 잘못된 관계
사이에 끼었다는 걸 직감했다.

정수림과 유환희. 생물실에 모인 두 사람의 이름이다. 피부가 하얗고 키가 작은 쪽이 '까다로운 뱁새' 정수림. 그리고 큰 키에 화려한 이목구비를 가진 쪽이 우리 학교의 아이돌이자 '불행한 삼색 고양이' 유환희였다.

모 연예인 닮은꼴로 SNS에서 화제가 되었던 유환희는 올해 초 대형 기획사의 오디션에 붙었다. 같은 반이 아니더라도 이 학교 학생이라면 모두 그를 알았다. 그리고 정수림과 유환희, 둘 사이에는 장광은이 존재한다. 이 자리에는 없지만 그 이름이 가지는 힘은 크다. 장광은은 정수림에게는 가해자이고, 유환희에게는 친구이기 때문이다.

대부분의 중학교가 그렇듯 우리 학교에도 보이지 않는 계급 구도가 존재한다. 그러니까 전체 학생을 백 퍼센트라고 보았을 때 구십육 퍼센트가 중간에 속하는 평범한 아이들이라면, 다이아

몬드 그래프의 맨 꼭대기 삼 퍼센트는 폭력적인 성향을 가진 문제아들이고, 맨 밑의 일 퍼센트는 그 아이들에게 별 이유도 없이 찍혀 괴롭힘의 타깃이 된 불행한 제물들이다. 이 불운에는 아무 이유도 맥락도 없다. 정수림은 맨 밑의 일 퍼센트에 속했다. 정수림이 유일하게 잘못한 일이라면, 학기 초 옆자리에 앉게 된 장광은에게 젤리를 건네며 눈치 없이 "하나 먹을래?"라고 물은 것뿐일 테다. 그때, 뒷자리에서 얼굴에 선크림을 바르던 유환희가 미간을 구기는 장광은 대신 답했다고 한다.

"광은이 젤리 안 먹어. 지금 다이어트 중이래."

그날 저녁, 하교 중이던 정수림은 학교 뒷길에서 만난 장광은에게 젤리값 오만 원을 뜯겼다.

물론 나도 연준에게 전해 들은 이야기다. 뇌의 정보 처리 기능과 용량이 보통 사람을 한참 웃도는 연준은 교과서의 모든 내용을 가볍게 흡수하는 것도 모자라 학교의 온갖 괴담과 가십까지도 꿰고 다녔다. 연준의 말에 의하면 유환희와 장광은은 유치원 때부터 친구였다고 한다. 학교에서 제일가는 문제아이자 지금은 정학 처분을 당해 학교에 나오지 못하는 장광은이 어째서 유환희의 말이라면 껌벅 죽는지 역시 이 학교의 미스터리 중 하나였다.

전혀 다르면서도 묘한 접점이 있는 두 사람이었다. 하필 그 둘이 너무 죽고 싶은 나머지 괴랄한 오픈 채팅방에 들어간 것도 모자라 생물실에 모여 서로를 마주 보고 있다니. 이게 무슨 일이야? 내가 불러 모았지만 얼떨떨했다.

솔직히 말하자면, 정수림이 죽고 싶어 하는 건 이해가 갔다. 장광은은 무려 일 년간 정수림을 크고 작게 괴롭혔다. 돈을 뜯어내는 건 예사고, 다른 아이들 앞에서 창피를 주거나 대놓고 욕설을 던지기도 했다. 타깃이 된 정수림 주변에 오고 싶어 하는 아이들은 없었다. 정수림은 일 년 만에 완전히 고립되었다. 그나마 지난 연말, 장광은의 괴롭힘을 보다 못한 누군가 신고를 넣어 사건은 일단락되었다. 학생부장 선생님의 책상 위에 익명의 고발 글과 괴롭힘 영상이 담긴 유에스비가 놓여 있었다고 한다. 학폭위가 열렸고, 여러 아이들의 증언이 이어졌다. 본래 강제 전학을 처분받았어야 할 장광은은 이사장과 연이 있다는 부모가 힘을 쓴 탓인지 정학에 그쳤다. 괴롭힘에 비하면 낮은 수위의 처벌이었다. 장광은이 진정으로 반성하는지도 믿을 수 없었다. 정학 처분이 끝나면 장광은이 다시 돌아올 것이 확실했다. 그러므로 안타깝지만 정수림이 이 생물실에 있는 건 충분히 맥락적으로 이해가 갔다.

끝내고 싶은 마음은 더 이상 기대하고 싶은 미래가 없을 때 강력해진다. 실행력은 고통보다는 지긋지긋함에서 온다. 아마 정수림도 그랬을 것이다. 하지만 유환희는? 나의 얄팍한 정보와 상상력으로는, 유환희 같은 아이가 왜 죽고 싶어 하는지 당최 이해가 가지 않았다.

서로 잡아먹을 듯이 노려보는 두 사람을 어떻게 해야 할지 고민하고 있을 때였다. 유환희가 대뜸 내 쪽을 보며 물었다.

"그런데 진짜야? 생각해 보니까 너무 말도 안 되는 것 같아서. 다른 차원의 공간이니 괴물이니……."

진즉 묻지 않은 게 이상할 정도로 당연하고도 상식적인 질문이었다. 사실 직접 겪은 나조차도 그 일이 진짜였나 싶다. 보통은 헛소리로 치부할 것이다. 이걸 어떻게 설명해야 할까? 그때, 가만히 듣고만 있던 정수림이 불쑥 입을 열었다.

"나도 봤어. 생물실 괴물."

팔짱을 낀 유환희가 나와 정수림을 번갈아 응

시하더니 중얼거렸다.

"두 명이나 봤다고? 대박."

정수림은 민망하다는 듯 고개를 숙이고서 테가 두꺼운 안경을 만지작거렸다. 역시 두 사람의 이야기를 좀 더 제대로 들어 볼 필요가 있었다. 나는 내가 할 수 있는 최대치의 친근함을 담아 손뼉을 치며 제안했다.

"우리 여기서 이럴 게 아니라 밖에서 제대로 이야기해 보자. 배고프지 않아?"

그렇게 나 이제미와 정수림, 유환희는 나란히 학교 옆 패스트푸드점으로 향하게 된 것이다.

"아까 말한 대로야. 나도 생물실에서 다른 차원으로 넘어간 적 있어. 얼굴에 입밖에 없고 전신이 젤리처럼 미끌미끌한 괴물 말하는 것 맞지?"

정수림이 노트 위에 자신이 본 괴물을 간단히 묘사했다. 묘하게 귀여워졌지만 분명 특징은 내가 목격한 것과 같았다.

"넌 어쩌다가 간 거야?"

내가 묻자 정수림이 유환희를 흘겨보며 답했다.

"장광은 생일날이었어. 유환희랑 같이 코인노래방 가기로 했는데 약속이 펑크 났다더라고. 갑자기 기분이 안 좋아져서는 날 별관으로 끌고 가더니 생물실 캐비닛에 가두고 문을 발로 뻥뻥 차 댔어. 하필 본관 건물 보수 공사 날이라 공사소음에 묻혔지. 나는 덜덜 떨다가 그 상태로 안에서 잠들었고⋯⋯ 눈떴을 땐 붉은 보름달이 있는 세상이었어."

유환희가 시선을 피했다.

"거기서 괴물을 봤고?"

"응. 너랑 비슷해. 괴물에게 쫓기다가 문득 여기서 죽는 게 더 편하지 않을까, 하고 포기했을 때 아빠에게 전화가 와서 깨어났어."

정수림이 햄버거를 한 입 베어 물며 태연하게 덧붙였다.

"이제 알겠지? 나는 언제든 좋아. 혼자보다는 둘이서 괴물을 만나러 가는 게 확실히 좋을 것 같아. 괴물을 찾을 때도 쉽고, 마음 약해질 것 같으면 서로 격려도 해 주고."

가만히 이야기를 듣던 유환희가 대뜸 말을 끊었다.

"왜 둘이야? 나도 그 괴담 믿어. 나도 죽고 싶다니까?"

"구라 치지 마. 넌 그냥 호기심에 여기 있는 거잖아."

"아니라고! 나도 진짜로 죽고 싶다고!"

유환희가 테이블을 치며 버럭 소리를 질렀다. 그린 것처럼 예쁜 눈에서 맑은 눈물이 방울방울 흘러내렸다.

"나 데뷔 조 떨어졌단 말이야. 노래도 못하고

춤도 못 춰서. 진짜 열심히 연습했는데 나만 떨어졌어. 맨날 이 모양이야. 난 얼굴 말고는 아무 재능이 없어. 우리 언니는 나한테 늘 한심하다고 말해. 얼굴 말고 네가 잘난 게 뭐냐고. 엄마랑 아빠도 얼굴 예쁘니까 돈 많은 남자 만나서 결혼이나 일찍 하라고 해. 난 그러기 싫은데. 나도 내 힘으로 잘하는 걸 하나쯤은 가지고 싶단 말이야. 그런데 아무것도 없다고. 이번엔 하루에 다섯 시간씩만 자면서 진짜 열심히 했는데, 그랬는데도 떨어졌어. 난 희망이 없어. 그냥 죽을래."

뭐지, 이해가 가면서 좀 재수 없게도 느껴지는 이 기분은……. 어쨌든 세상에 사연 없는 사람은 없다고 유환희도 나름대로 고충이 있구나 싶었다. 정수림은 여전히 싸늘한 눈빛으로 아름답게 눈물 흘리는 유환희를 훑을 뿐이었다. 오고 가는 사람들의 시선이 느껴져서, 나는 서둘러 기름 냄새 나는 티슈를 유환희에게 건넸다. 유환희는 그 거친 티슈로 윤기 나는 피부를 마구 문질러 닦았다. 유환희가 눈물 젖은 티슈에 코를 팽 하고 풀며 물었다.

"그러는 너는? 왜 죽고 싶은데?"

"난……."

정수림과 유환희를 번갈아 보았다. 이상했다. 그토록 전부 터놓고 싶어서 사람을 구했던 건데, 막상 낯선 두 쌍의 눈동자를 마주하자 말이 목에 걸려 도통 나오지를 않았다. 아빠는 맨날 사고를 치고 엄마는 아빠를 더 이상 사랑하지 않아. 두 사람은 나 때문에 같이 산다는 핑계를 대는데 난 그게 끔찍하게 싫어. 어차피 진짜 관심도 없으면서. 그래서 사라지고 싶어. 고백 대신 눈시울이 달아오른다 싶더니 방울방울 눈물이 흘러내렸다. 아, 창피해 죽겠다. 물론 같은 상황에도 힘차게 살아가는 친구들이 있을 것이다. 나에게 그럴 힘과 의욕이 없을 뿐이다. 결국 눈가를 비비며 두루

뭉술하게만 답했다.

　"난 괴롭힘을 당한 것도 아니고, 큰 실패를 겪은 것도 아니야. 하지만 그냥…… 내가 나인 게 싫어."

　유환희가 자신의 눈물을 닦은 구겨진 티슈를 건넸다. 지금 자기가 쓰던 걸로 닦으라는 건가? 옆에서 보고 있던 정수림이 한숨을 쉬더니 새 티슈를 가져와 건네주며 말했다.

　"내가 죽고 싶은 건, 장광은이나 괴롭힘 때문만은 아니야. 그건 너무 억울하잖아. 걔가 뭔데 내가 죽기까지 해야 해? 지금도 정학 중인 데다 고등학교 가면 어차피 떨어질 텐데. 문제는 괴롭힘당했을 때의 기억이 머릿속에서 사라지질 않다는 거야. 걔가 무서운 게 아니라, 걔 때문에 훼손된 나를 견딜 수가 없어. 그래서 처음부터 다시 시작하고 싶어. 리셋하듯이."

　정수림이 말하는 내내 유환희의 시선은 아래

만 향하고 있었다.

나는 작게 중얼거렸다.

"뭐, 스스로가 싫다는 점에서 셋 다 비슷하네."

"그러게."

유환희가 퉁퉁 부은 눈으로 조심스레 말했다.

"우리 이름 붙일까?"

"이름?"

"응. 오컬트 동아리라며. 보름달이 뜨는 날 다른 세계로 떠나는 모임. 난 늘 소속감을 가지고 싶었거든. 초승달 엔딩 클럽 어때? 좀 있어 보이지 않아?"

"생물실에 가는 건 보름달이 뜨는 날인데 왜 초승달 엔딩 클럽이야?"

"우리가 지금 보름달을 기다리고 있으니까."

정수림은 유난 떤다는 듯한 얼굴이었지만 나는 그 이름이 꽤 마음에 들었다.

"좋아. 이제부터 우리는 초승달 엔딩 클럽이야. 다음 보름달까지는 삼 주 정도가 남았어. 토요일 아침마다 학교 근처에서 만나서 계획 세우자. 어때?"

정수림과 유환희가 고개를 끄덕였다. 나는 기묘한 의욕이 불타올라, 어딘가 설레는 기분이 들었다.

변수, 흔들림, 실행

일주일 동안 내 방을 정리했다. 엄마와 아빠는 여전히 냉전 중이었고, 연준은 봄 방학 맞이 특별반 수업에 들어가 바빴으며, 내 용돈은 당연히도 밀렸다. 나는 집에 있기 싫어서 공부한다는 핑계로 하루의 대부분을 도서관에서 보냈다. 도서관에는 시간을 때울 만한 책들이 많았고, 구내식당 밥은 근방의 음식점들 중에서 가장 저렴했다. 그곳에서 유명한 사람들은 어떤 유서를 남겼는지 검색해 읽었다. 슈테판 츠바이크라는 작가는 전쟁 때 "여러분은 이 길고 어두운 밤 뒤에 마침내 아침노을이 떠오르는 것을 보시길 빕니다. 성급한 사나이는 먼저 떠나가겠습니다."라는 초연한 글귀를 남기고서 아내와 함께 자살했다고 한다. 이 작가가 지금의 나를 본다면 뭐라고 생각할지 궁금했다. 한심해하려나? 그런데 그런 멋진 유서는 어떻게 쓰는 건가요?

아무리 머리를 싸매고 고민해도 구질구질한 감정 호소문과 부모님 뒷담화밖에 써지지 않아 그냥 관뒀다. 유서 따위 남기지 않는 게 남아 있는 사람들에게는 더 좋을지도 모른다. 다른 사람은 모르겠지만, 연준에게는 먼저 떠나는 게 조금 미안한 기분이 들었다.

시간은 빠르게 흘렀다. 어느새 봄 방학이 지나고, 개학을 했다. 우울한 새 학기 등굣길. 이제 중학교 삼 학년이었다. 일 년 후에는 고등학생이 될 테고, 다시 일 학년이 되겠지. 전혀 기대되지 않고 지겹기만 했다. 삼 학년 사 반. 배정받은 반에는 놀랍게도 마법처럼 정수림과 유환희가 함께였다. 우리는 눈인사만 주고받고서 멀리 떨어져 앉았다. 책상에 엎드린 유환희 주변으로 시끄러운 아이들이 몰려들었다. 장광은과 함께 어울리는 무리들이었다.

"야, 이번에 너 들어간 거기서 새 그룹 나온다던데. 너도 들어가는 거야? 대박이다."

"나 나중에 아이돌 소개시켜 주라."

유환희가 신경질적으로 외쳤다.

"다들 좀 닥쳐 줄래?"

중학교의 삼 월 첫째 주는 일 년을 통틀어 가장 소란스럽고 어수선한 기간이다. 그래도 삼 학년이라고 일, 이 학년 때처럼 안절부절못하지는 않았다. 그사이 유환희는 세 명에게 편지로 고백을 받았다. 얼굴 말고 자신의 장점이 뭐라고 생각하는지 심층 면접을 했는데, 아무도 마음에 드는

답을 하지 않아서 편지를 갈기갈기 찢어 버렸다고 했다. 가만 보면 유환희는 우리 엄마 못지않게 욱하는 기질이 있었다. 데뷔에 성공해서 아이돌이 되었다면, 꽤나 조심했어야 할 성격이다.

그런가 하면 정수림에 대해서도 알게 된 사실이 있다. 정수림은 어렸을 때 잠깐 돌봤던 햄스터를 닮았다. 초등학교 이 학년 때, 외삼촌네가 해외여행을 간다며 삼 박 사 일간 사촌 언니가 키우던 햄스터를 맡겼다. 손바닥보다 작은 햄스터는 우리 집에 있는 동안 시름시름 앓았다. 밥도 잘 안 먹고 아무 데나 똥을 싸고 안쓰러운 울음소리를 냈다. 도토리 모양 집에 몸을 숨기고서 밖으로 나오지도 않았다. 엄청 예민한 햄스터였다. 나는 계속 개가 신경 쓰여서 우리를 들여다보고, 그러면 햄스터는 더 스트레스를 받아 이상 행동을 하고, 나는 눈을 부릅뜨고 지켜보는 악순환이 펼쳐졌었다.

지금도 딱 그랬다. 그동안의 괴롭힘을 알고도 내 일 아니라고 가볍게 여긴 것에 대해 미안한 마음이 들었던 나는 같은 반도 되었겠다, 연준에게 이야기해서 정수림과 함께 밥을 먹자고 제안했다. 그랬더니 정수림은 이렇게 답했다.

"난 혼자 먹는 게 편해. 이제 와서 불쌍하다든가, 동질감이 생겨서 그런 거면 관뒤."

그 말도 맞았다. 충분히 이해 가는 반응이라. 돌아서려는데 영문을 알 리 없는 연준이 정수림을 일으키며 외쳤다.

"무슨 소리야? 그냥 같이 먹자!"

그렇게 우리는 점심시간을 함께 보내게 되었다. 정수림은 급식을 아주 조금 먹었고, 그럼에도 자주 체했다. 체하면 두통이 오는 체질이라 소화제와 두통약을 달고 살았다. 연준의 호탕한 웃음소리에 몇 번이나 소스라치게 놀라기도 했다. 좋아하는 반찬을 캐물어서 몰아 주기도 하고, 친근하게 대하려고 노력했지만 그럴수록 정수림은 불편해했다. 함께 밥을 먹은 지 사흘 만에 양 볼이 홀쭉해질 정도였다.

국그릇에 잔반을 쏟아붓는 정수림을 보며 편히 식사를 할 수 있도록 놓아 줘야 하나 진지하게 고민하고 있을 때였다. 목 뒤에 따가운 시선이 느껴졌다. 돌아보았더니 유환희가 우리를 노려보고 있었다. 유환희는 나와 눈이 마주치자 깨끗이 비운 식판을 들고서 저벅저벅 다가와 물었다.

"왜 나만 빼고 먹어? 내일부터는 나도 같이 먹어. 선택권은 없어."

그러고는 어리둥절하게 눈을 깜빡이는 연준을 가리켰다.

"쟤도 초승달 엔딩 클럽이야?"

"초승달 뭐? 그게 뭐야?"

눈치 빠른 연준이 어리둥절한 얼굴로 나를 응시했다. 나는 선뜻 답하지 못하고 어물거렸다.

"생물실 괴담에 대한 경험을 공유하는 모임이야. 너도 제미한테 들어서 알지?"

뜻밖에도 나 대신 정수림이 답했다. 아직 아무것도 솔직히 말하지 못한 나로서는 정수림의 순발력이 고마웠다. 유환희의 난입에 거짓말까지 쏟아내느라 정신없는 점심시간이었다. 유환희는 자기 할 말만 끝내고 돌아섰고, 정수림은 그런 유환희를 한바탕 욕한 후 연준에게 거짓말과 진실을 섞은 말을 술술 늘어놓았다. 연준은 괴담 마니아답게 다른 차원의 생물실에 다녀온 사람이 또 있다는 사실을 놀라워했다. 정수림을 붙잡아 꼬치꼬치 캐묻는 동안 나는 식은땀을 닦고서 남은 식사를 계속했다. 그날 정수림은 소화제를 두 알이나 먹었다. 작년 담임 상담 이후로 하루에 말을 이렇게 많이 한 건 처음이라고 했다.

"생물실 괴물을 둘이나 봤다니! 우리 공포 프로그램 이런 데에 제보해 보자. 아니면 아예 영상

찍어서 올려 볼까?"

연준은 세상의 비밀을 깨달은 과학자처럼 잔뜩 흥분해서 말도 안 되는 제안을 해 댔다. 초승달 엔딩 클럽의 진짜 목적이 뭔지는 꿈에도 모르는 채로. 나는 뒤늦게 새로운 고민에 빠졌다. 연준에게 사실을 말하는 게 좋을까? 하지만 말한다면, 언제? 연준이 이해해 줄까?

선택권은 없다는 말을 증명하듯, 다음 날부터 유환희는 뻔뻔하게 정수림의 옆자리를 차지했다. 유환희와 원래 밥을 같이 먹던 아이들의 당황 섞인 시선이 우리를 맹렬히 쫓았다. 정수림은 그야말로 병든 햄스터처럼 밥을 깨작거렸고, 우리도 맛을 제대로 느끼지 못했다. 오로지 유환희만 야무지게 카레를 싹싹 긁어 먹었다. 첫날엔 정말이지 힘들었지만, 사람은 적응의 동물이라고 했던가? 유환희 특유의 태연함과 미모, 그리고 해맑은 친화력에 우리는 휩쓸리듯 동화되었다. 인사를 나눈 지 얼마 되지 않았으면서 십년지기 친구처럼 대하는 유환희를 보면 어이가 없어서 웃음이 났다. 유환희는 자신이 제대로 할 줄 아는 게 없다고 했지만, 내가 봤을 때 누구에게도 없는 특별한 능력을 가지고 있었다. 정수림도 언젠가부터 소화제를 먹지 않았다. 간혹 고장난 것처럼 시큰둥한 표정으로 가슴을 콩콩 칠 뿐이었다.

며칠 뒤, 모두가 어렴풋이 우려하던 상황이 발생했다. 장광은이 돌아온 것이다.

"유환희, 너 뭐냐?"

급식실로 향하는 우리 앞을 기다란 그림자가 막아섰다. 장광은을 맞닥뜨린 건 나로서는 처음이었다. 키가 엄청 컸고, 어렸을 때 골프 선수를 준비했다는 말을 증명하듯 뼈가 단단해 보였다. 저 손에 맞으면 골이 울릴 것이다. 정수림은 눈에 띄게 긴장했다. 유환희는 난감한 표정을 지었다.

장광은이 코웃음 치며 말했다.

"언제부터 재네랑 어울렸어?"

"내가 누구랑 어울리든 말든."

"돌아왔으니까 다시 내 옆에 있어야지. 넌 내 친구잖아. 이리 와."

장광은이 손을 내밀었다. 유환희는 못 본 척하고서 우리에게 빨리 가자며 앞서 나아갔다. 장광은이 유환희의 어깨를 붙잡아 돌리고서 복도에다 울리도록 소리를 질렀다.

"얼굴 말고는 잘난 것도 없는 게 나대냐?"

"하, 지긋지긋해!"

이번에는 유환희가 소리를 질렀다. 점심시간의 소란한 복도가 삽시간에 조용해졌다. 주변 아이들의 눈빛이 흥미로 이글이글 타올랐다.

"넌 내가 예뻐서 친구하냐? 그게 친구야? 내가 니 소품이야? 그렇게 살지 마. 가만히 있는 애들 괴롭히고, 말로만 친구지 자기 마음대로 안 움직이면 화내고 무시하잖아. 사실 그동안 나도 무서워서 말 못 했는데, 이제는 해야겠어. 나 너랑 친구 안 해. 너야말로 나대지 마. 알겠어?"

유환희가 장광은을 뿌리치고서 복도를 나아갔다. 몇몇 아이들이 그 장면을 휴대폰으로 찍고 있는지 불길한 셔터음이 들렸다. 우리는 덩그러니 선 장광은의 눈치를 살피며 유환희를 쫓아갔다.

그날의 급식실은 유독 소란스러웠다. 웅성거림을 배경음처럼 두고서 우리는 간만에 말없이 식사를 마쳤다. 장광은의 등장이 꽤 안정적이었던 우리 관계에 어떤 식으로든 영향을 줄 것이라는 건 분명했다. 정수림보다도 유환희가 더 불안해했다. 단지 정수림이 불안을 감추는 데 더 익숙한 탓인지도 모르지만 말이다. 밥을 먹는 둥 마는 둥 하고 밖으로 나오자 유환희가 울먹이며 중얼거렸다.

"아, 내일부터 장광은이 지랄할 텐데. 빨리 보름달이 뜨면 좋겠어."

연준이 무슨 뜻이냐는 듯 눈가를 찌푸렸다. 나는 못 본 척했다. 정수림이 유환희에게 물티슈를 건넸다.

"그래도……."

정수림이 유환희에게 먼저 말을 걸기는 처음이었다. 유환희가 코를 훌쩍였다.

"아까 네가 한 말, 난 좀 후련했어."

젖은 눈을 글썽이던 유환희가 무릎을 감싸며 주저앉았다. 그러고는 급식실 앞에서 엉엉 소리 내서 울었다. 또다시 여기저기서 셔터음이 들렸다. 하여간 너무 예쁜 애들이랑 다니는 것도 고되다. 우리는 유환희를 일으켜 세워 조용한 생물실로 데려갔다. 먼지 쌓인 해골 모형 앞에서 연준이 내 팔을 꼬집으며 물었다.

"빨리 보름달이 떴으면 좋겠다는 게 무슨 뜻

이야? 그날 무슨 일이 벌어져?"

따지자면, 나는 엄마와 아빠 중 아빠를 조금 더 닮았다. 그것도 아빠의 안 좋은 면을. 아빠는 멀리 볼 줄 모르고, 당장의 유혹에 흔들리는 사람이다. 나도 비슷하다. 이성은 지금이라도 연준에게 초승달 엔딩 클럽의 진짜 목적을 말해야 한다고, 그게 소중한 친구에 대한 최소한의 예의라고 외쳐 댔지만, 나는 아빠처럼 당장의 평안에 넘어가 버리고 말았다. 입을 열자 뻔뻔한 거짓말이 흘러나왔다.

"그, 그날 동아리 정기 모임이거든. 붉은 생물실에서 다른 차원 탐험하기."

회피는 달콤했다.

"괴물이 나온다며? 위험한 거 아니야?"

"그냥 담력 시험 같은 거야. 스트레스 받을 때 매운 거 먹거나 무서운 거 보면 좀 풀리잖아. 그런 거지. 알람 맞춰 놓으면 돼. 그리고 정말 다시

갈 수 있을지 없을지도 확실치 않잖아?"

"뭐, 나도 그 괴담을 완전히 믿는 건 아니지만……."

연준이 고민하다 덧붙였다.

"그럼, 나도 그때 같이 가 볼래. 생물실과 이어지는 붉은 세계."

어?

"걱정할 거 없어. 시간을 다르게 알려 주면 돼. 우리는 열두 시쯤 모여서 계획대로 넘어가고, 연준한테는 한 새벽 두 시쯤으로 알려 주면 모든 건 이미 진행된 후일 거야. 연준은 배신감을 좀 느끼겠지만. 좀이 아니라 많이."

정수림이 말했다. 유환희가 입술에 립밤을 바르며 중얼거렸다.

"그래도 친구인데 거짓말까지 하면서 끝까지 숨기는 건 좀 그렇지 않아? 걔는 난데없이 친구를 잃는 거잖아."

"하지만 미리 알아서 뭐 할 건데? 연준이 알면 분명 막으려고 할 거고, 그럼 우리 계획에 차질이 생길 수도 있어."

"그건 그렇지만."

"혹시 너네, 그만두고 싶어진 건 아니지?"

정수림의 목소리는 저음인데도 어딘가 날카로운 부분이 있었다. 타고난 눈치가 빠른 건지, 나조차 인지하지 못한 사소한 변화의 조짐을 곧장 알아차렸다.

"그, 그럴 리가?"

유환희가 눈에 띄게 당황한 목소리로 외쳤다. 나와 정수림을 똑바로 바라보지 못하고 눈알을 굴리는 게, 누가 봐도 숨기는 게 있는 사람의 태도였다. 그러길 한참, 유환희가 기어들어 가는 목소리로 조심스레 갑작스러운 소식을 전했다.

"나, 어쩌면 다시 데뷔할 수 있을지도 몰라. 데

뷔 조였던 언니가 무슨 미국 의대 붙어서 집에서 반대한대나 봐. 어떻게 데뷔 준비하면서 공부도 하지? 세상에 무능력한 건 나밖에 없는 거 같아. 아무튼…… 빈자리가 나서 그 자리에 나를 넣을지 의논 중이랬어."

정수림은 그럴 줄 알았다는 얼굴이었다. 이번엔 나를 돌아보며 물었다.

"너는? 너도 마음이 바뀌었어?"

나는 조심스럽게 입을 뗐다.

"별다른 사건이 생긴 건 아닌데, 어제 방 정리를 하다가 어렸을 때 찍은 가족사진을 봤어."

사진 속의 아빠와 엄마는 젊었고, 나는 어렸다. 너무 어려서 기억조차 남아 있지 않은 어린 시절이었다. 엄마는 산후 우울증 때문에 그 시절이 고통스러웠다고 했지만, 사진 안에서만큼은 웃고 있었다. 한참 할아버지로부터 물려받은 공장이 잘 나가던 시절이기도 했다. 공장이 문을 닫은 이후 아빠는 회사에 취업했지만 부쩍 적어진 벌이 때문에 이런저런 사업에 손대다 결국 빚만 늘었다. 그 모든 일이 벌어지기 전의 아빠는 자신감에 가득 차 있었고 든든해 보였다. 사진 속의 어린 나는 내가 고작 이런 겁쟁이로 자랄 줄 모르고서 밝게 웃었다.

지금의 엄마와 아빠는 각자의 수렁에 빠져 더 이상 나를 살필 여유가 없다. '빚'이라는 존재의 가장 무서운 점은 마음을 메마르게 한다는 것이다. 일렁이는 바닷물을 증발시키고 땅에 금이 가게 해 밑바닥을 드러내게 한다. 그럼에도 퍼석한 소금 알갱이는 남는다. 한때 그런 시절이 있었다는 사실은 변하지 않으니까 엄마와 아빠의 마음 깊은 곳에도 일말의 사랑이 남아 있지 않을까? 나를 향한 그 정도의 사랑은, 한 줌의 소금 알갱이만큼의 책임감은 남아 있지 않을까?

고작 사진 한 장에 흔들리는 걸 보면, 나는 역

시 너무 나약하다. 그런 나와는 다르게 정수림은 꿋꿋했다. 정수림은 우리를 향해 선언하듯 말했다.

"너네가 계획대로 가든 가지 않든 나는 상관없어. 혼자라도 갈 거니까."

정수림은 그렇게 외치고서 일어나 생물실을 나갔다. 순찰 중이던 경비 아저씨가 청소 끝났으면 빨리 집에 가라고 잔소리를 해 댄 탓에 우리도 쫓기듯이 생물실을 나섰다. 나는 유환희에게 데뷔 꼭 하길 바란다고 말했다. 유환희는 멋쩍게 웃었다. 우는 건지 웃는 건지 모를 얼굴이었다. 버스 정류장에서 유환희와 헤어졌다.

집으로 돌아온 나를 맞이한 건, 전쟁이라도 벌어진 것처럼 엉망이 된 집 안 풍경, 지친 표정의 엄마와 아빠, 그리고 이혼 합의서라고 적힌 서류 한 장이었다. 아빠 손등에서 피가 흘렀다. 엄마가 결국 명장의 칼로 아빠를 상처 입히고 만 것이다. 엄마가 메마른 얼굴로 말했다.

"부모로서 미안하다, 제미야."

미안한 건 알아서 다행이다. 무력한 얼굴의 아빠가 뒷말을 이었다.

"이혼을 해도 진짜로 떨어지는 건 아니다. 우리는 계속 가족이야. 그게, 사정이 생겨서 이렇게라도 떨어져 있어야 할 것 같다."

무슨 말인가 싶었다. 이혼이면 이혼이지 계속 가족이라니. 뒤늦게 식탁 밑에 떨어진 마른 꽃다발과 구겨진 분홍색 상자가 보였다. 설마설마하는 최악의 가정이 떠올랐다. 나는 풀이 죽은 얼굴의 아빠를 바라봤다.

"아빠가 또 멍청한 짓을 했다. 나도 내가 왜 이러는지 모르겠다. 면목이 없다."

아빠는 정말로 면목 없는 짓을 저질렀다. 또 돈을 빌린 것이다. 금액은 고작 삼십만 원. 이유가 더 가관이었다. 잊고 있었는데, 며칠 전이 엄마와 아빠의 결혼기념일이었다고 한다. 아빠는 엄마에게 화해도 신청할 겸 선물을 사고 싶었지만 돈이 없었다. 그래서 길바닥에 흩뿌려진 대부업체 명함을 주워 전화를 걸었다. 그렇게 준비한 장미 꽃다발과 스카프는 엄마의 기분을 일시적으로 풀리게 해 주었으나, 오늘 몇 배로 불어난 금액의 독촉 전화가 되어 돌아왔다.

"도대체 무슨 생각이었어? 아니, 뇌라는 게 있기는 해?"

"삼십만 원에서 꽃다발 값이 십만 원. 스카프 값이 십오만 원. 남은 오만 원으로 투자하고 심야 택배 아르바이트를 하면 충분히 채울 수 있을 거라고 생각했다. 이자가 그렇게 빨리 불어날 줄은……."

삼십만 원은 일주일 사이에 백만 원이 되었다. 엄마는 그리 친하지 않은 이모에게 돈을 빌려 직접 업자의 사무실로 찾아가 갚았다. 그런 다음

집으로 돌아와 아빠와 다시 한바탕 싸운 뒤, 내내 보험처럼 간직하던 이혼 합의서를 내밀었다. 가만 보니 엄마는 아예 오만 정이 다 떨어진 것 같았고, 아빠는 미련이 남아 현실을 부정 중인 듯했다. 그 순간 나는 늘 그랬듯이 난장판된 집 안 풍경 위로 붉은 생물실이 겹쳐 보였다.

"진짜 지긋지긋해…….”

엄마와 아빠가 피로와 분노, 후회로 가득한 눈을 동시에 깜빡였다.

"엄마랑 아빠도 처음부터 다시 시작하고 싶지? 이번에는 어차피 망했잖아.”

"제미야, 그게 무슨 소리야? 너, 괜찮아?”

엄마가 물었지만 빈말로라도 괜찮다는 말은 나오지 않았다. 나는 가방끈을 세게 쥐고서, 떨리는 목소리를 간신히 숨기며 말했다.

"곧 내가 다시 시작하게 해 줄게.”

방문을 잠그고 들어와 정수림에게 원래대로

계획에 참여할 거라는 메시지를 보냈다. 십여 분 뒤 알겠다는 간결한 답장이 왔다.

다음 날이었다. 유환희는 탐스러운 머리카락을 싹둑 자르고서 등교했다. 미용실에서 자른 게 아니라 누군가 악의적으로 가위질한 모습이었다. 매일 정성스레 립밤을 바르던 입술은 부었고, 눈 밑에는 할퀸 상처가 있었다. 나도 정수림도 놀랐다. 다가가서 무슨 일이냐고 물었지만, 유환희는 입술을 꽉 깨물며 오늘은 말하기 싫으니 돌아가라고 내뱉고서 책상에 힘없이 엎드렸다. 범인은 뻔했다. 장광은의 타깃이 정수림에서 유환희로 바뀐 것이다.

"결국 원래 계획대로 셋 다 함께 가게 됐네."

정수림이 나지막이 말했다.

유환희는 한 시간 가량의 오열을 겨우 끝내고 딸꾹질을 시작했다. 고작 이틀 사이에 많은 일들이 있었다. 누군가 유환희의 소속사 메일로 영상을 제보했다고 했다. 장광은이 돌아온 날, 복도에서 벌인 말싸움 영상이었다. 장광은이 먼저 시비를 걸고 폭언을 하는 부분은 잘리고, 유환희가 쏟아내는 부분만 악의적으로 편집이 되었다. 소속사에서는 유환희를 아예 데뷔 조 후보에서 제외시켰다. 이게 진짜건 조작이나 과장이 더해진 영상이건 상관없다고, 신인은 잡음이 없는 게 가장 중요하다는 소리를 들었단다. 익명의 제보자가 누군지는 뻔했다.

유환희가 양 눈에 티슈를 붙이고서 말했다.

"이제 희망을 가지는 것도 지겨워. 역시 난 안 되나 봐. 가족들도 내 말을 안 믿어 주고, 장광은은 계속 괴롭힐 게 뻔하고. 너무 피곤해."

정수림이 덤덤하게 대꾸했다.

"하나보다는 셋이 덜 무서우니까. 잘된 거지."

"그런가……."

올해의 세 번째 보름달은 이번 주 금요일에 뜬다. 이틀 뒤였다.

무섭잖아!

　보름달이 뜨는 날은 하늘이 맑았다. 유독 청량하게 느껴지는 밤하늘의 한복판에 둥근 달이 콕 박혔다. 우리는 계획대로 자정에 생물실에서 만났다. 문은 열려 있었다. 오늘은 분기에 한 번씩 있는 독서 동아리 행사, '올빼미 독서담'이 열리는 날이었다. 밤을 새서 책을 읽고 함께 토론하는 유서 깊은 행사였다. 덕분에 혹여나 생물실에 있는 걸 경비 아저씨에게 들킨다 해도 괜한 의심은 피할 수 있었다. 계획 시행일이 꼭 오늘이어야

만 하는 이유기도 했다

연준은 오늘 그 행사에 참가한다. 기숙사생들은 필수 참가였다. 미안하게도, 자정이 아닌 새벽 두 시에 모일 거라고 거짓말을 했다. 두 시간이면 원래의 목적은 충분히 이룰 수 있을 터였다. 우리끼리 붉은 생물실로 넘어가 괴물에게 깔끔히 잡아먹혔을 거란 얘기다. 그 상태로 원래 몸으로 돌아와 불운의 사고를 당할지, 아니면 오늘 영영 깨어날 수 없게 될지는 아직 모르지만. 어느 쪽이든 상관없었다. 이건 엔딩이 아니라 새로운 오픈 시퀀스를 위한 도약이라고, 나는 되뇌었다.

그래, 다시 시작하기 위해 끝내는 거야. 이번 판은 망한 게임이니까 그래도 돼.

수림도, 환희도 지쳐 보였다. 우리는 서로의 눈을 보며 고개를 끄덕였다.

"그럼 이제 어떻게 하면 돼?"

"여기서 잠들면 저쪽 세상으로 넘어갈 거야."

"여기서? 갑자기 자라고?"

우리는 실험대 다리에 옹기종기 기대어 앉아 담요를 두르고 눈을 감았다. 고요 속에서 시간은 느리게 흘렀다. 중간에 슬쩍 눈을 뜨고 시계를 확인했더니 고작 오 분이 지나 있었다. 뒤늦게 문제를 감지했다. 이세계로 가려면 잠이 들어야 하는데, 너무 긴장한 나머지 잠이 오지 않았다. 아침 해가 뜰 때까지 잠들기는커녕 묵언 수행만 하다 끝날 판이었다. 다음 보름달은 한 달 후였고, 그때는 별관 문이 열려 있을지조차 몰랐다.

"너네, 잠이 와?"

환희와 수림도 말똥말똥한 눈으로 고개를 저었다. 기회가 오늘 밤뿐이라고 생각하자 심장은 더 빨리 뛰었고, 잠은 달아났다.

"이럴 줄 알고 챙겨왔지."

환희가 플리스 주머니에서 주섬주섬 뭔가를 꺼냈다. 손바닥 안에 쏙 들어오는 금색의 구슬 세

개, 긴장을 완화시켜 준다는 청심환이었다. 그러고는 씩 웃으며 말했다.

"월말 평가 칠 때마다 먹던 거야."

"효과가 있을까?"

"있어야지. 오늘이 아니면 안 돼."

의심 반 믿음 반으로 약을 삼켰다. 약발이 돌기까지는 시간이 필요했다. 휴대폰으로 수면 유도 ASMR을 틀어 두었더니 현실이 아닌 우주의 어딘가를 유영하는 듯한 기분이 들었다. 효과는 서서히 나타났다. 차츰 고른 숨소리가 귓가를 간질였다. 전신에 퍼지는 나른함을 의연하게 받아들였다. 목적을 함께하는 친구들의 숨소리는 자장가 같았다. 아마 나보다 한 발 먼저 목적지에 도착한 듯했다. 나 역시 곧 수마에 집어삼켜졌다. 의식이 까마득해지더니 검붉은 구멍으로 빨려 들어갔다. 안락하면서도 혼곤한 차원의 통로를 지나 눈을 떴을 땐, 붉은 보름달이 뜬 세계였다.

"늦기는."

"안 오는 줄 알았잖아."

먼저 도착한 수림과 환희가 속삭였다.

짧은 시간, 만약 셋 다 다른 생물실에 도착하면 어쩌지 하고 고민했었다. 다행히 쓸데없는 고민이었나 보다. 생물실은 이전에 왔을 때와 마찬가지로 익숙하면서 동시에 스산한 분위기를 풍겼다. 분명 손에 닿는데 게임 속 홀로그램처럼 전부 가짜 같은 기분. 하지만 여유롭게 감상이나 할 때가 아니었다. 우리에겐 중요한 목표가 있고, 그것을 이루기 위해서는 괴물을 찾아내야 했다.

딱히 노력할 필요는 없었다. 먹잇감의 입장을 알아챈 듯, 멀지 않은 곳에서 사람의 것이라기엔 큰 발소리가 들려왔다. 갯벌 위를 있는 힘껏 내달리는 것처럼 질척이는 소리였다. 복도를 거니는 기척은 갈수록 존재감을 키웠다. 대면의 순간은 생각보다 빠르게 도래했다.

쩌어억, 쩌어억, 쿵.

우리는 나란히 손을 잡고 생물실 문을 바라보았다. 옆 교실의 낡은 나무문이 거칠게 열리는 소리, 괴물의 축축하고 미끄러운 피부가 나무 바닥을 세게 칠 때 발생하는 진동, 공기 중에 맴도는 톡 쏘면서 비린 냄새, 다시 문이 거칠게 닫히는 소리, 화가 난 건지 슬픈 건지 알 수 없는 괴물의 내지름, 그리고 마침내 숨을 가다듬는 듯 쉭쉭거리는 숨소리.

소리가 멈췄다. 문은 아직 닫혀 있었고, 불투명한 창 너머로 거대하고 기괴한 실루엣이 비쳤다. 사람의 것일 수 없는 형체였다. 거대한 허수아비에 묽은 찰흙을 덕지덕지 바른 것 같기도 했다. 저번에 마주한 젤라틴 괴물이 분명했다.

우리는 크게 숨을 들이마시며 서로의 손을 꽉 쥐었다. 친구들의 떨림이 고스란히 전해졌다. 나의 떨림 또한 둘에게 전해질 터였다. 수림이 눈짓

하며 말했다.

"하나, 둘, 셋 하면 함께 소리 지르자. 괴물이 우리의 존재를 더 정확히 알 수 있게."

"좋, 좋아."

"그래."

"그럼 센다. 하나, 둘, 세……."

숫자를 다 세기도 전에 괴물의 발길질에 문이 부서져 날아갔다. 괴물은 이세계의 침입자를, 자신의 먹이를 저절로 감지할 수 있는 걸까? 더 이상 가릴 것 없는 입구에 괴물이 사형 집행인처럼 우뚝 서 있다. 저번과 마찬가지로 어디에 눈이 있는 건지 알 수 없는 얼굴. 문득 이상한 게 눈에 띄었다. 오묘한 빛깔의 반투명한 몸이 전보다 어둡게 보였다. 몸 안에 꾸물거리는 검은 그림자 때문이었다. 저건 뭐지?

괴물이 흘러내리는 얼굴을 일그러뜨리며 입을 한계까지 벌렸다 닫기를 반복했다. 그게 꼭 세 사람 중 누구를 먼저 잡아먹을지 고민하며 입맛을 다시는 것처럼 느껴졌다. 우리는 식은땀을 흘리며 서로의 손을 꽉 쥐었다. 이윽고 괴물의 다리가 움직였다. 생물실 안으로 진입해 한 발 한 발 다가왔다. 숨을 참고서 그 끔찍한 형상을 올려다보았다. 맞잡은 손이 땀으로 축축했다. 괴물의 입에서 꾸르륵꾸르륵, 물에 가라앉는 사람이 내는 듯한 섬뜩한 소리가 흘러나왔다. 익사자의 마지막 호흡을 닮은 소리가 고막을 거쳐 뇌까지 훑었다. 우리는 본능적인 거부감에 귀를 막느라 서로의 손을 놓을 수밖에 없었다. 그 순간, 괴물이 마침내 때가 되었다는 듯 끈적한 족적을 남기며 달려들었다.

누가 먼저 비명을 질렀는지 모르겠다. 사실 지금은 우리가 그토록 기다리던 순간이었다. 우리는 잡아먹히기 위해 이곳에 왔으니까. 그렇다면 이성적으로 힘겹게 도망갈 게 아니라 덤덤히

최후를 받아들여야 했다. 매일 방과 후에 만나서 마인드 컨트롤 훈련도 했다. 눈을 질끈 감고 꼼짝도 안 하기. 아무것도 하지 않으면, 가만히만 있으면 된다고. 건물 밑으로 발을 내딛지도, 독약이나 밧줄이나 가스를 구하지 않아도 되니 얼마나 간편하냐고.

그런데 왜 우리는 죽어라 달리고 있는 걸까? 그 간단한 일조차 실패하고서?

"쉽게 잡아먹히기는 무슨, 셋이 있어도 무서운 건 똑같잖아!"

환희가 울먹이며 외쳤다. 이런 게 바로 생존 본능? 포식자에게 쫓기는 초식 동물이 된 기분이었다. 붉은 생물실에 온 이유 같은 건 하나도 떠오르지 않았다. 스스로 우습다거나 한심하다고 연민할 틈도 없이 우리는 그야말로 정신없이 내달렸다. 태어나서 그렇게 뛴 건 처음이었다. 학교 체력 검사나 체육 수행 평가 때조차 이만큼 열과

성을 다하지 않았다. 우리는 초승달 엔딩 클럽이라는 멋들어진 이름의 목적 따위는 개나 준 채로, 괴물에게 붙잡히지 않기 위해 있는 힘껏 도망쳤다.

괴물은 갯벌 위를 달리는 것처럼 질척이는 소리를 내며 빠르게 다가왔다. 그것의 신음이 휘날리는 머리카락에 닿았다. 복도는 끝나지 않았다. 달릴수록 계단과 외부로 향하는 입구 역시 멀어졌다. 괴물이 신음을 내지를 때마다 심장이 떨렸다. 여기까지 찾아와 놓고 죄송하지만, 제발 누가 좀 구해 주세요……. 간절하게 빌었지만 기적은 일어나지 않았다. 현실에서도 없는 기적이 이곳에서 벌어질 리 없었다. 달리면서 양옆을 돌아봤다. 듬직하기만 하던 수림은 얼굴을 잔뜩 구기며 울었다. 거친 욕설을 지껄이며 "괴물 미친 새끼."를 연발했다. 우리가 엔딩을 얕봤다는 걸 인정해야 했다. 죽는 건 정말이지 쉬운 일이 아니었다.

사실 죽음뿐만 아니라 모든 일이 그렇다. 가만히 앉아서 닥쳐 오기를 바라면 아무것도 이루어지지 않는다.

이렇게 될 줄 진짜 몰랐을까? 사실은 다 알고 회피했던 게 아닐까? 진정 계획에 성공하고 싶다면, 저번과 같이 막다른 곳에 몰려야 한다. 더 이상 희망이 없는 방에 스스로를 가둬야 한다. 길이 있다면 우리는 계속 달리고 도망칠 테니까. 하지만 그렇게 해야만 끝을 맞이할 수 있다면, 우리는 진정 엔딩을 원했던 게 맞을까?

점점 숨이 달렸다. 처음 왔을 때도 그랬지만, 이곳은 감정과 통증을 포함해 모든 감각이 실제였다. 잠을 통해 들어올 수 있는 꿈의 공간인데 느껴지는 것들은 꿈마냥 모호하지 않았다. 지독할 만큼 선명했다.

문득 주변이 사뭇 조용해졌다는 사실을 깨달았다. 괴물의 기척도 멀어졌다. 도저히 뛸 수 없어 잠시 멈추고 숨을 골랐다. 뒤를 돌아보았더니 나보다 먼저 멈춘 수림이 보였다. 내 쪽을 등지고 서 우리가 달려온 복도를 물끄러미 응시했다. 잠깐, 환희는?

"유환희!"

수림이 외쳤다. 환희는 수림보다 이십 미터가량 앞에 널브러져 있었다. 뛰다가 다리를 접질린 것 같았다. 괴물도 저 뒤에 덩그러니 멈춰 섰다. 겁에 질린 환희가 엉덩이걸음으로 조금씩 물러섰다. 괴물의 모든 신경은 눈앞의 작은 먹이에 쏠려 있었다. 환희가 별안간 뒤돌아보며 도망가라고 외쳤다. 휘적휘적 흔들리는 마르고 흰 팔뚝이 항복을 선언하는 깃발 같았다. 괴물이 환희를 덮쳤다. 나는 질끈 눈을 감았다. 그 순간, 뭔가 소란스레 부서지는 소리가 났다.

"유환희 미쳤어?"

수림이 복도 구석에 놓인 소화기를 던져 괴물

의 머리에 명중시켰다. 갑작스런 타격에 괴물이 멈칫하는 사이, 환희가 몸을 일으켰다. 수림과 나는 서둘러 달려가 환희를 부축했다. 우리는 어깨를 나란히 하고서 휘청이며 달렸다. 발을 맞추기가 어려워 사실상 빠르게 걷는 게 전부였다. 환희가 훌쩍이며 중얼거렸다.

"그냥 도망가지 그랬어. 어차피 죽으려고 온 건데. 그냥 그렇게 두지……."

그러자 수림이 대꾸했다.

"그러게 말이다. 우리가 왜 도망치고 있지?"

말은 그렇게 하면서도 우리는 쉬지 않고 발을 놀렸다. 얼핏 뒤를 돌아보았더니 굼뜨게 몸을 일으킨 괴물이 우리를 가만히 응시하고 있었다.

의아했다. 왜 쫓아오지 않는 거지? 소화기에 가격당한 머리통이 아이스크림 스쿱으로 떠낸 것처럼 움푹 패였다. 어둠 속에서 포르말린 용액을 닮은 칙칙한 피부가 빛났다. 그 안쪽의 작은 그림자가 잘게 떨리는 것 같기도 했다. 위급한 와중에 헛생각이 들었다.

우리가 공포를 느끼듯이 괴물도 방금 물리적인 통증을 느꼈을까? 이 이상한 세계의 주인은 누굴까? 괴물은 정말 우리를 잡아먹으려고 쫓아오는 걸까? 진짜 잡아먹을 생각이면, 이럴 때 붙잡아야 하지 않나?

헷갈렸다. 곧 물어뜯을 것처럼 맹렬히 쫓아오던 괴물이 막상 기회가 오자 주춤했다. 혼자만의 착각일 수도 있지만 괴물도 우리만큼 혼란스러워 보였다. 뭐, 도망치는 입장에서는 다행이었다.

내 망상을 비웃듯, 끈적한 발소리가 다시 이어졌다. 괴물은 금방 따라붙었다. 어느덧 움푹 팬 머리는 원래대로 돌아와 있었고, 전보다 큰 보폭으로 끔찍한 소리를 내며 쫓아왔다. 계속 앞으로 달려 봤자 끝이 없을 것이다. 결국 벽에 보이는 아무 문을 열고 들어갔다. 한참을 달렸는데, 문

너머에 나타난 곳은 우리가 도망쳐 나온 생물실이었다. 계속 이어지는 복도와 무한히 돌아오는 생물실. 이 괴상한 차원에서 살아 돌아갈 수 있을까? 환희를 책상 밑에 내려놓은 뒤 창문을 흔들었다. 아무리 힘을 줘도 열리지 않았다. 학교 밖으로는 나갈 수 없는 모양이었다. 도저히 방법이 보이지 않았다.

이 상황을 만든 스스로에 대한 죄책감이 피어올랐다. 여기서 가장 어리석고 멍청한 건 바로 나다. 전부 나 때문에 벌어진 일이었다. 나도 모르게 눈시울이 뜨거워졌다. 눈물은 지금 상황을 돌파하는데 하나도 도움이 되지 않는데. 왜 나는 늘 이 모양일까?

내 눈물이 기폭제가 된 건지, 훌쩍이기만 하던 환희와 단단해 보이던 수림도 끝내 무너졌다. 우리는 바닥에 주저앉아 엉엉 울었다. 울면서 각자 속에 있는 말을 내뱉었다. 나는 밑도 끝도 없이 미안하다고, 전부 내 탓이라고 읊조렸다. 그랬더니 돌림 노래처럼 환희가 맞받아쳤다.

"미안해할 것까진 없지……. 오히려 내가 미안해. 내가 넘어져서 도망도 잘 못 가고, 너네도 위험해졌잖아. 게다가 난 수림이 괴롭힘당할 때도 모른 척했는데, 너네는 나 구해 주고. 나만 완전 겁쟁이야."

이번에는 수림이 헐떡이며 말했다.

"겁쟁이인 건 맞지. 우리 모두 다 겁쟁이라 여기 온 거야. 스스로나 다른 사람을 탓할 필요는 없지만…… 너네 관두려고 할 때 화내지 말걸. 나 때문인 것 같아."

휴대폰은 여전히 먹통이라 현실의 시간이 얼마나 흘렀는지 알 수 없었다. 두 시간을 버티면 아마 생물실에 온 연준이 우리를 깨워 줄 것이다. 그때까지 살아남을 수 있을까. 내 안에 이렇게 커다란 열망이 있다는 사실이 놀라웠다.

괴물의 숨소리가 멀어졌다가 가까워지기를 반복했다. 우리는 바닥을 기어 실험대 밑에 옹기종기 모였다. 한겨울에 온기를 나누는 햄스터들처럼 손을 잡고서 파들파들 떨었다. 실험대 밑은 오래 숨어 있기에 그리 안전한 곳이 아니었지만, 더 이상 몸을 숨길 곳도 없었다. 곧 생물실의 낡은 나무문이 거친 마찰음을 내며 열렸다. 괴물 특유의 질퍽이는 발소리가 커졌다.

　　고개를 숙여 실험대와 바닥 사이의 좁은 틈새를 들여다보았다. 가느다란 시야에 상한 푸딩을 떠올리게 하는 발등과 다리가 들어왔다. 그것이 꾸르륵거리는 소리를 내며 주변을 배회했다. 괴물이 움직이는 방향을 살펴 우리도 실험대의 옆면으로 살금살금 몸을 피했다. 이대로 최대한 기척을 숨기며 생물실 안에서 버티는 게 좋을지, 다시 복도로 나가는 게 좋을지 고민했다. 괴물이 뒤돌거나 걸음할 때마다 우리는 숨을 참았다.

셋 다 얼굴이 잘 익은 토마토처럼 변했을 때쯤, 생물실 문이 크게 여닫히는 소리가 들렸다. 나는 실험대 위로 고개만 빼꼼 들어 괴물이 생물실을 나서는 걸 확인했다. 괴물의 뒷모습은 기괴하면서도 어딘가 애잔했다. 반투명한 표피 안의 그림자가 축 처져 보였다. 저 그림자가 괴물을 움직이는 핵심인 걸까? 본체의 주변을 끈적한 덩어리들이 감싸서 몸집을 키운 거라면, 우리가 괴물에게 잡아먹히는 게 아니라 괴물을 해치울 수도 있지 않을까?

질척이는 발소리도 점점 작아지다가 자취를 감추었다. 그제야 안도의 한숨을 내쉬었다.

"이제 어떻게 하지?"

환희가 물었다. 당장은 괴물에게서 벗어났지만 언제 다시 나타날지 알 수 없었다. 수림도 참았던 숨을 조심스레 뱉었다. 우리 모두 기진맥진이었다.

"여기서 기다리자. 곧 누군가 깨워 줄 거야."

일단 생물실의 책상과 선반, 의자들을 옮겨 문을 단단히 막았다. 아무리 괴물이라도 벽을 뚫고 들어오기는 힘들겠지. 할 일을 끝내고서 바닥에 쓰러지듯 드러누웠다. 눈을 감은 채로 한참 동안 숨을 몰아쉬다 허리가 아파 몸을 틀었다. 나는 내 옆에 누운 환희의 완벽한 옆태를 바라봤다. 환희는 눈을 크게 뜬 채로, 천장의 어느 한곳을 뚫어져라 응시했다.

뭔가 이상했다.

환희의 흰 뺨 위로 툭, 끈적한 액체 방울이 떨어졌다. 썩은 살점 같기도, 젤리처럼 굳은 포르말린 용액 같기도 했다. 톡 쏘는 악취가 풍겼다. 환희가 입을 달싹이며 바들바들 떨리는 손으로 천장 어딘가를 가리켰다. 나도 수림도 그 손끝을 따라갔다.

천장에 달라붙은, 그것.

우리는 몸이 굳은 것처럼 꼼짝도 할 수 없었다. 기괴하다 싶을 만큼 길쭉한 목이 섬뜩한 소리를 내며 꺾였다. 떠난 줄 알았던 괴물이 벌레처럼 천장에 딱 달라붙어 우리를 관찰하고 있었다. 출입문 옆 창문으로 들어와 벽을 타고 오른 것 같았다. 튀어 오르듯이 일어나 물러섰다. 한발 늦게 환희가 발목을 접질렸다는 사실이 떠올랐다. 환희는 간신히 상반신만 일으킨 채 눈을 질끈 감았다. 천장에서 거미처럼 기어 내려온 괴물이 주저앉은 환희 발밑에 섰다. 벽에는 괴물의 움직임을 따라 찐득한 초록색 궤적이 남았다.

나와 수림은 어쩔 줄 모른 채 시선만 주고받았다. 우리를 돌아본 환희가 울먹이며 외쳤다.

"도망가라고! 그냥 아까 구해 준 보답이라고 생각해."

점점 가까워진 괴물이 환희에게로 머리를 숙였다. 고이고 고인 늪지대를 닮은 표피에서 축축한 점액이 흘러내렸다. 나와 수림은 동시에 달려나가 팔을 뻗어 환희를 부축했다. 우리끼리 도망가라니, 말도 안 되는 소리였다.

일단 환희를 일으켜 세우기는 했지만 앞으로가 더 문제였다. 코앞의 괴물에게서 벗어날 수 있을까? 우리는 나란히 생물실 선반에 등을 기대고 식은땀을 흘렸다. 괴물이 우리를 뚫어져라 바라보며 한 걸음 한 걸음 다가왔다. 진흙 뭉텅이인 얼굴에는 눈구멍이랄 게 없었지만, 나는 괴물의 강렬한 시선을 느꼈다. 괴물이 괴상한 신음을 내지르며 이빨로 가득 찬 입을 쩍 벌렸다. 처음 괴물을 맞닥뜨렸을 때 맡은 톡 쏘는 냄새가 물씬 풍겼다. 우리는 다리에 힘이 풀려 셋이 나란히 주저앉았다. 괴물의 잇새에서 방울방울 불쾌한 점액이 떨어졌다. 나는 곧 다가올 고통을 상상하며 눈을 질끈 감았다.

하지만 그뿐이었다. 통증은커녕 아무런 감각

도 없었다. 어둠 속에서 괴물의 숨소리가 점점 커져 갔다. 이전과는 결이 달랐다. 더 가파르고 불규칙했다. 괴물은 꼭 힘겨워하는 것 같았다. 무슨 일인가 싶어 두려움을 무릅쓰고 스리슬쩍 눈을 떴다. 여전히 괴물의 입은 코앞에 있었다. 잇새로 흘러내린 점액이 내 팔뚝을 뒤덮었다. 괴물은 입을 한계치까지 벌린 채로 꼼짝하지 않았다. 정확히는 입을 달싹이고 몸을 움찔거렸지만 크게는 움직이지 못했다. 왜인지는 모르겠으나 먹통이 된 휴대폰 화면이 떠올랐다. 시선을 약간 내려 괴물의 몸통을 훑었다. 반투명한 표면 안쪽 그림자의 작은 어깨가 잘게 떨렸다. 떨림은 점점 커져서, 얼핏 흐느끼는 것처럼 보였다. 양팔을 움직여 얼굴을 문지르기도 했다. 괴물의 목구멍 깊숙한 곳에서 간헐적으로 여린 울음소리가 흘러나왔다.

그 순간, 나의 어디서 그런 용기와 결단력이 샘솟았는지 모르겠다. 나는 두려움을 무릅쓰고 괴물에게로 다가갔다. 그 낯선 존재를 향해 손을 뻗으며 물었다. 길고양이를 회유하듯이.

"너, 혹시 우리를 잡아먹고 싶지 않은 거야?"

수림과 환희가 경악하는 표정을 지었다. 나는 괜찮다는 의미와 조용히 하라는 부탁을 담아 입술에 검지를 가져다 댔다. 그런 다음 계속 말을 이었다.

"정체가 뭐야? 진짜 괴물이야? 왜 이런 곳에 혼자 있어?"

곧 괴물이 아파 보일 만큼 크게 벌린 입을 천천히 다물었다. 뾰족한 이빨들도, 심연을 닮은 목구멍도 사라졌다. 거대한 형체 안의 작은 그림자가 움찔거렸다. 괴물은 우리를 두고 뒷걸음질 쳤다. 나는 그런 괴물에게로 한 걸음 다가갔다. 홀로 덩그러니 선 괴물의 모습에서 나와 비슷한 외로움을 감지했기 때문일까? 내 안의 목소리가 여기서 멈춰야 한다고 속삭였지만 충동에 사로잡힌

몸은 제멋대로였다. 팔을 뻗어 괴물의 축축해 보이는 피부 안으로 손을 집어넣었다. 썩어서 흘러내리는 곤약 젤리를 뚫는 감촉이었다. 손끝이 작은 그림자에 닿았다. 그러자 놀라운 일이 벌어졌다. 내 손 주변으로 괴물의 흐물흐물한 표면이 한여름에 버려진 아이스크림처럼 녹아내린 것이다. 그 안에서 뜻밖에도 작은 아이가 나타났다.

우리 또래로 보이는 왜소한 남자아이였다. 옛날 교복을 입었고, 가슴 주머니 위의 명찰에는 '김화문'이라는 이름이 적혔다. 그는 작게 읊조렸다.

"나도 여기서 나가고 싶어⋯⋯. 구해 줘."

그 순간, 수림의 짧은 비명이 귀를 강타했다. 괴물에게서 손을 빼고 돌아보았더니 환희는 증발한 것처럼 온데간데없었고 당황한 수림만 주변을 두리번거렸다. 기다렸다는 듯이 주머니 안의 휴대폰이 울렸다. 벨 소리는 점점 커져 사이렌처럼 생물실을 가득 채웠다. 잠시 본래 모습을 드러낸 아이는 어느새 축축한 반투명색 피부 안쪽에 모습을 감췄다. 아이를 뒤덮은 점액들이 부글부글 끓어올랐다.

나는 연준의 이름이 뜬 액정을 눌렀다. 그와 동시에 붉은색 세상은 빠르게 시야에서 멀어져 갔다. 마지막 순간, 나는 괴물 안에 갇힌 아이를 보며 숨이 막힐 것 같다고 생각했다.

"너네 여기서 뭐 하는 거야? 왜 나한테만 시간 따로 알려 준 건데?"

다시 눈을 떴을 때, 내 앞에는 화가 난 표정으로 오컬트 동아리 공고 캡처본을 내민 연준이 서 있었다. 나보다 한발 늦게 눈뜬 수림이 식은땀을 흘리며 제 뺨을 더듬었다. 땀과 눈물로 얼굴은 엉망이었다. 옷도 비슷했다. 괴물에게서 흘러내린 점액들은 사라졌지만, 칙칙한 얼룩이 남아 꼭 진흙탕을 구르고 온 듯한 몰골이었다. 그러거나 말거나 연준은 내 어깨를 잡아 흔들었다.

"이 동아리 공고문, 앞자리만 읽는 거 맞지? 설마 괴담 동아리인 척하는 동반 자살 모임, 그런 거였어?"

"그, 그건……."

"하, 물어볼 게 산더미지만 지금 그게 중요한 게 아니야."

중요한 게 아니라고? 불안한 표정으로 떡진 앞머리를 쓸어 넘긴 연준이 활짝 열린 생물실 뒷문을 가리켰다. 그러고 보니 환희가 보이지 않았다. 셋 중에 가장 먼저 현실로 돌아온 건 환희였다. 분명 연준이 전화를 걸기 전이었다. 그럼 환희를 깨운 건 누구지?

시간은 어느새 새벽 두 시를 가리켰다. 이 시간까지 학교 건물에 있는 건 처음이다. 독서 활동 쉬는 시간인 듯, 복도는 잠들기 전보다 소란스러웠다. 연준이 다급히 상황을 전했다.

"내가 생물실에 막 도착했을 때, 장광은이 먼저 와 있었어. 유환희 어깨를 흔들다가 그래도 안 일어나니까 뺨을 때려서 깨우더라고. 둘이 뭐라고 말싸움을 하더니 장광은이 비몽사몽하는 유환희를 끌고 생물실을 나갔어. 환희가 싫다는데도 막무가내였어."

연준은 말리고 싶었지만, 장광은이 끼어들면 죽여 버리겠다고 말해 순간 겁을 먹고 아무것도 못했다며 죄책감 섞인 한숨을 내쉬었다. 환희는 장광은과 싸운 이후로 연락처를 전부 차단해 둔 상태였다. 화가 난 장광은이 무슨 짓을 할지 몰랐다. 일단 환희에게 전화를 걸었다. 벨 소리가 너무 가까이서 들렸다. 환희가 덮었던 담요를 들추자 케이스에 초승달 모양 비즈 키링을 단 최신 폰이 나타났다.

"휴대폰을 떨어뜨렸나 봐."

결국 직접 찾는 수밖에 없었다. 멀리는 못 갔

을 것이다. 우리는 별관 건물의 안과 밖을 샅샅이 뒤졌다. 연준이 선생님을 찾아 사정을 설명하러 간 사이, 모든 문의 안쪽과 본관, 체육관, 운동장 등을 모조리 헤집었다. 환희의 부모님 연락처는 몰라서 연락할 수 없었다. 부모님이 맞벌이라 바쁠뿐더러 연습생이라 늦게 귀가하거나 회사에서 자는 일이 잦아 웬만해서는 먼저 찾지 않는다고 했던 말이 맴돌았다.

심야 독서 활동이 계속되는지 별관은 다시 침묵에 잠겼다. 곧 선생님과 함께 생물실 앞으로 가고 있다는 연준의 메시지가 도착했다. 별일 없을 거라고 애써 마음을 다스렸지만 한번 빨라진 심장 박동은 쉽게 가라앉지 않았다. 초조함에 불을 지피듯, 어디선가 요란한 소음과 함께 비명이 들려왔다.

무언가 깨지고 산산조각 나는 소리가 이어졌다. 별관의 현관에서 숨을 고르던 우리는 소리의 진원지로 내달렸다. 비명은 두 사람의 것이었고, 착각일지는 몰라도 익숙한 목소리가 섞여 있었다. 곧 화재경보기가 작동했다. 귀를 찢는 사이렌이 울려 퍼졌다.

그 모든 소란은 우리가 빠져나온 생물실에서 벌어졌다. 미닫이문을 밀어젖히자 처참하게 무너진 선반이 가장 먼저 눈에 띄었다. 엉망이 된 생물 표본 통들 사이로 푸르스름한 용액과 박제된 양서류들이 흘러나왔다. 유해한 냄새가 코를 찔렀다. 표본 통 외에도 먼지 쌓인 상태로 보관 중이던 각종 플라스크와 오래된 약품들이 뒤섞였다. 선반 밑으로 윤기 나는 머리카락과 희게 질린 손목이 보였다.

"유환희! 환희야!"

때마침 도착한 선생님이 서둘러 119를 호출했다. 어두운 생물실 구석에서 무너진 선반을 망연히 바라보던 누군가가 복도로 뛰쳐나갔다. 나

와 수림, 연준과 뒤늦게 상황을 살피러 온 경비
아저씨, 사서 교사와 국어 교사가 모두 도망치는
자의 옆모습을 알아보았다.

　장광은이었다. 보름달은 사람을 미치게 만드
는 법이다.

사과

환희는 곧장 응급실로 실려 갔다. 다행히 방치된 생물실에 고위험 약품은 없었으므로 크게 다치지는 않았다. 깨진 유리 조각들 때문에 자잘한 찰과상이 생겼고, 쇠로 된 선반에 깔린 탓에 왼쪽 팔에 금이 갔다고 했다. 발목은 사고 이전에 접질린 것이나 진단서에는 함께 적혔다. 병원에서 정신을 차리자마자 환희는 가장 먼저 거울을 확인했다. 관자놀이 부근에 찢어진 상처가 남겠지만, 이 정도는 가릴 수 있다며 개의치 않아

했다.

"갑자기 뺨에 통증이 느껴진다 싶더니 눈앞에 장광은이 있는 거야. 심장 떨어지는 줄. 얼결에 옥상까지 끌려갔다가 가까스로 도망쳐서 다시 생물실로 돌아왔어. 너네 깨우려고. 그런데 텅 비어 있는 거야. 휴대폰도 없고 어떡하지 싶었어. 그 사이에 따라온 장광은이 왜 또 도망가냐며 소리를 지르는데 진짜 괴물만큼 무섭더라. 왜 도망가긴, 무서우니까 도망가지. 나 진짜 죽는 줄 알았다니까. 다른 차원에서 겨우 살아 돌아왔는데 현실에서 죽으면 얼마나 억울해?"

환희가 병문안 선물로 들어온 파인애플 조각을 오물거리며 몸서리쳤다.

장광은은 또다시 학폭위에 소환되었다. 그날, 장광은이 환희를 끌고 가는 걸 보았다는 연준과 독서부원들의 증언이 있었다. 사고 직후 생물실에서 도망치던 장광은을 우리도 목격했다. 정황은 정확했다. 이후 조사 과정에서 장광은은 환희와 화해를 하고 싶었다고 말했다. 환희가 소꿉친구인 자신을 버린 게 참을 수 없었다. 대화를 해서 풀고 싶었는데 환희는 그럴 의지가 없어 보여 짜증이 났다. 가볍게 어깨를 밀었을 뿐인데, 생물실 선반이 그런 식으로 넘어질 줄은 생각도 하지 못했다.

물론 그 말을 곧이곧대로 믿는 아이들은 없었다. 두 번째 학폭위가 열리기 무섭게 그간 당했던 아이들이 하나둘 자신이 보고 겪은 것들을 추가로 진술했다. 그 과정에서 발언한 모두가 환희의 편을 든 건 아니었다. 어쨌든 환희와 장광은이 친구였던 건 사실이니까. 수림을 포함한 피해자들에게 환희는 같은 피해자 처지가 되었을지언정 얄미운 방관자에 불과할 테다. 하지만 반전은 뜻하지 않게 찾아왔다. 사건으로 정신없는 교무실에 심부름을 간 입 가벼운 반장이 학생부장과 교

감의 대화를 엿들은 게 계기가 되었다.

"가해자 측은 화해를 하고 싶었다고 하는데, 참! 그 말을 믿기가 쉽지 않죠. 직전에 학폭위 열리게 된 증거 영상 있죠? 그거 두고 간 게 이번 피해자 걔였거든요. 그걸 가해자가 몰랐을까요? 제 생각에는 아닌 것 같습니다. 보고서에 정황을 적어야 하는데, 고의성을 어떻게 측정해야 할지 난감해요. 본인 말로는 화해하고 싶었다는데, 피해자 말을 들어 보면 보복일 가능성이 더 크지 않나……, 이게 의도에 따라서 처벌 결과가 많이 달라질 수 있거든요. 원래는 친했는데 둘이 크게 싸운 건 사실이라."

다른 아이들의 추가 진술과는 별개로, 생물실 사건의 쟁점은 그 일을 사고로 처리해야 할지 폭력 사건으로 처리해야 할지 모호하다는 것이다. 하필 생물실의 시시 티브이는 고장 난 지 오래였다. 장광은이 환희를 데려간 건 확실하지만, 그

사고 자체의 책임을 묻기는 힘들 것이라고 했다. 학교 시설 및 학생 관리 문제로 행정실과 여러 선생님들이 곤욕을 치렀다. 우리도 그 밤에 왜 생물실에서 잠이 들었는지 추궁을 당했지만, 다행히 별관 괴담을 확인하고 싶은 치기 어린 행동 정도로 정리되었다. 아마 더 복잡한 일들이 쏟아졌기 때문일 것이다. 교육청에서 양복 입은 사람들이 몇 번이나 무리 지어 다녀갔다. 학교의 아이들은 환희가 장광은의 고발자였다는 사실을 알고 태도를 바꾸었다. 은근슬쩍 끼리끼리라며 묶던 아이들도 입을 다물었다.

보름달이 뜬 날 생물실의 사고가 가져온 반향은 꽤 컸다. 장광은은 제가 저지른 짓을 고스란히 감당해야 했다. 아직 학교는 한참 어수선했고 조사할 내용은 산더미였지만, 학부모들 사이에 장광은이 강제 전학 처분이 내려질 것이란 소문이 나돌았다. 학폭위가 무려 두 번째였다. 학부모 사이에 그런 말이 돈다는 건 그런 결과를 내고 말리라고 결심하는 것과도 같았다.

한편 우리 네 명, 나, 수림, 환희, 연준 사이에도 새로운 바람이 불었다.

환희가 입원해 있는 동안 매일 병문안을 갔다. 퇴원한 후에는 이전과 다름없이 넷이서 몰려다녔다. 함께 매점과 도서관을 가고 운동장을 회전 초밥처럼 빙글빙글 돌았다. 그러면서도 막상 서로의 깊은 곳에 있는 이야기는 선뜻 꺼내지 못했다. 표정과 분위기만으로 알음알음 추측할 뿐이었다.

내가 느끼기로, 수림은 심경의 변화가 큰 듯했다. 아무래도 자신을 과거 장광은의 괴롭힘으로부터 구출해 준 내부 고발자가 환희라는 걸 알았으니 심경이 복잡할 터였다. 이전보다 입으로는 툴툴대면서 환희의 옆에 딱 달라붙어 얼굴에 소독약을 발라 주는 게 그 증거였다. 수림은 확실히 전보다 안색이 밝아졌다. 장광은이 더는 학교에 나오지 않는 것도 영향을 끼쳤을 것이다. 가끔 환희의 흉터를 보며 심란한 표정을 짓기는 했지만 말이다.

환희 역시 나름대로 주변 상황에 변화가 있었다. 그토록 들어가고 싶어 하던 '데뷔 조'가 소속사 내외부 사정으로 인해 완전히 무산되었다고 했다. 담당 프로듀서와 윗선들이 전부 바뀔 거라며, 어쩌면 새로운 기회가 될 수도 있겠지만 이제 이전만큼 미련이 남지는 않는다고 말했다.

"내가 너무 다른 사람에게 인정받는 데에만 연연했던 거 같아. 한번 죽을 뻔하다 살아나니까 그런 게 다 무슨 소용인가 싶더라. 이제라도 진짜 하고 싶은 걸 다시 고민해 봐야겠어."

그렇게 말하는 밴드투성이 환희는 내가 지금껏 본 어떤 얼굴보다도 화사해 보였다. 수림도 그런 환희를 넋 놓고 바라보았다. 내가 봤을 때, 수림의 태도는 사랑에 빠졌다고 해도 과하지 않았다. 두 사람은 확실히 붉은 생물실에 다녀오기 전보다 나아 보였다.

하지만 나는?

나는…… 사실 잘 모르겠다. 환희와 수림처럼 극적으로 주변 상황이 바뀌지는 않았다. 밝아진 친구들을 보는 건 좋았으나, 그 밖의 모든 게 너무나 그대로였다. 아빠는 지방에 내려가 돈을 벌겠다며 짐을 싸서 집을 나갔다. 엄마는 일을 하고 돌아오면 안방에 틀어박혔다. 두 사람 사이에는 이혼 합의서가 남았지만, 아직 법원에 제출하지는 않았다. 그건 일종의 보험이었다. 나는 명장의 칼로 김치도 자르고 소시지도 자르고 계란말이도 자르며 식사를 차렸다. 그렇게 차린 밥을 혼자 먹었다.

얕은 잠을 자다 보면 가끔 술 냄새에 깼다. 나를 가만히 바라보는 엄마의 시선이 느껴졌다. 아빠에게서는 주말마다 메시지가 왔다. 새로 얻은 직장 관사 마당에 있는 들꽃을 찍어 보내 주곤 했다. 언제 깨질지 모르는 시한폭탄 같은 평화. 본질적인 문제는 아무것도 해결되지 않은 모호한 상태. 그게 전부였다. 집은 너무 고요했다. 꼭 붉은 생물실처럼, 이 세상에 존재하지 않는 세계 같았다. 괴물에게 쫓길 때에는 살고 싶은 의지가 퐁퐁 샘솟았는데, 현실로 돌아오자 차라리 쫓기던 순간이 그리워졌다. 나는 이 붕 뜬 기분이 바로 내 현실이구나 곱씹었고, 불쑥 나에게 구해 달라고 외치던 괴물을 떠올렸다. 미지근하고 축축한 감촉 너머에 닿은 작은 어깨를. 한번 상념을 파고든 괴물과 괴물의 목소리는 그 피부처럼 끈적하게 달라붙어 떨어지지를 않았다.

괴물은 아직도 생물실을 배회하고 있으려나? 그 적막한 세상에서?

"괴물? 괴물이 구해 달라고 말했다고? 그때

워낙 정신이 없어서 기억이 안 나."

"괴담 속 괴물은 그냥 괴물이지 뭐. 더 이상 신경 쓸 필요가 있어? 어차피 우리가 해 줄 수 있는 건 없을걸."

몇 번이나 생물실에 대해서 이야기하고 싶었지만 다른 친구들은 더 이상 끔찍한 기억을 떠올리고 싶어 하지 않는 것 같았다. 보통의 반응이긴 했다. 나 혼자만 그날의 기묘한 일들을 끊임없이 곱씹었다. 그럴수록 내 안의 어떤 호기심과 절박함은 커져만 갔다. 김화문. 끈끈한 점액에 가려진 괴물의 정체. 우리 학교의 옛날 교복을 입었지. 학교의 역사와 선배들을 뒤져 보면 정보를 얻을 수 있을지도 모른다.

괴담의 기원을 추적하기는 쉽지 않지만, 일단 해 볼 수 있는 데까지는 해 보고 싶었다. 물론 이런 마음의 근거 역시 불분명했다. 그래도 마음이 이끄는 곳으로 가 보고 싶었다. 수림과 환희만큼 나도 내 마음에 솔직해지고 싶었으니까.

　온종일 생물실 괴담에 대해 고민했다. 아는 선배가 있으면 좋았을 테다. 하지만 친구도 몇 안 되는 내게 그런 인맥이 있을 리 없었다. 혼자 고민하기로, 생물실 괴담은 보통의 학교 괴담에 비해 이질적인 면이 있었다. '괴담'에 귀신이나 낯선 사차원 세계 정도는 자주 등장한다. 하지만 괴물은 어딘가 과한 설정처럼 느껴졌다. 괴물이 나타나면 장르가 갑자기 판타지로 변한다. 유령은 헛것을 보았다고 두루뭉술 넘어갈 수 있는 반면 괴물은 존재감이 너무 컸다. 오컬트 마니아인 연준도 막상 내가 괴물을 보았다고 하니까 믿지 않았잖아? 나 역시 그 모든 걸 직접 겪기 전까지는 유치한 거짓말에 불과하다고 코웃음 쳤다. 이런 괴담이 퍼지게 된 계기를 쫓아가다 보면, 괴물에 대해 어떤 단서를 찾을 수 있지 않을까 싶었다. 그래서 먼저 가장 간편한 방법을 떠올렸다. 나에게 이 괴담을 처음 알려 준 사람이자, 오컬트 전문가인 연준을 붙잡고 물었다.

"어쩌다 생물실 괴담을 처음 알게 됐어? 누가 알려 준 거야?"

갑작스런 질문에 연준이 가로로 길쭉한 눈을 빠르게 깜빡였다. 그러고는 잠시 고민하다 답했다.

"만나고 싶으면 소개시켜 줄게. 너도 아는 사람이야. 얼굴은 본 적 없겠지만."

"얼굴을 본 적 없는데 안다고?"

"그 전에 우리, 깊게 할 이야기가 있지 않아?"

연준이 떠보듯이 물었다. 장난기를 거둔 진지한 얼굴로 휴대폰을 꺼내 부끄러운 동아리 모집 캡처본을 들이밀었다. 연준은 무언가 기다리고 있었다. 그리고 나는 그게 무엇인지 안다.

사과.

생물실의 사고 이후, 환희의 사고로 정신이

없어 막상 연준과 제대로 이야기하지 못했다. 연준은 아마 내가 먼저 이야기해 주기를 기다렸을 것이다. 스멀스멀 미안한 마음이 차올랐다. 나만의 고민에 빠져 있느라 가장 가까운 친구를 소홀히 했다. 사실 정신이 없었다는 건 전부 핑계다. 나는 이번에도 눈앞의 문제를 모른 체하고서 도망치고 있었던 것이다. 내 과오를 받아들이고 친구에게 진심을 담아 사과해야 했다. 직면의 순간은 언제나 어렵다. 참담한 기분을 뒤로하고서 마른 입술을 혀로 축였다. 연준은 말없이 나를 물끄러미 바라만 보았다. 나는 가까스로 입을 뗐다.

"그, 저번 일은 미안해."

"정확히 뭐가 미안한데?"

"약속 시간 거짓말한 거. 너한테 아무 말도 안 하고 이세계로 떠난 거."

"또?"

"초승달 엔딩 클럽에 대해 속인 거."

"또?"

"음, 사과 빨리 안 한 거?"

"또."

더 이상 생각이 나지 않았다. 연준이 힌트를 주듯 제 손안의 휴대폰을 눈짓했다.

"초승달 엔딩 클럽을 만든 거."

"또. 앞선 잘못을 모두 포괄하는 거."

더는 모르겠다. 나는 입만 어물거렸다. 상처받은 얼굴의 연준이 길쭉한 눈을 있는 힘껏 뜨더니 코맹맹이 목소리로 외쳤다.

"나한테 솔직하지 않았잖아. 우리 친구 맞아?"

"잘못했어. 앞으론 안 그럴게."

"내가 가장 배신감 느꼈던 건, 네가 그런 말도 안 되는 클럽을 만들어서 괴물에게 잡아먹힐 생각을 할 때까지 나는 전혀 아무것도, 너의 힘듦에 대해서 아무것도 알아채지 못했다는 거야. 생각해 보면 나는 너한테 별 사소한 고민과 소식들을 다 털어놓는데, 너는 그렇지 않잖아. 물론 말하기 싫은 건 말하지 않을 수 있지만, 단 하나도 말하지 않는 건 나도 서운하다고."

"누군가에게 말해 봤자 해결되지 않는 문제라 그랬어. 심란함만 옮을까 봐. 그런데 내가 잘못 생각했어."

"그래. 네가 잘못 생각했어. 기색은 낼 수 있잖아. 나도 뭐 너한테 말하면 문제가 해결돼서 미주알고주알 다 말하는 건 줄 알아? 너한테 말해 봤자 해결되는 거 아무것도 없어. 그래도 그냥 하는 거야. 우린 그 정도는 나눌 수 있는 친구니까. 나는 그렇게 생각했으니까."

"응."

"앞으로도 너 나랑 계속 친구할 거지?"

"당연하지! 너만 괜찮다면……."

신난 강아지처럼 고개를 끄덕였다. 연준이 그

제야 휴대폰을 거두고 귀엽다는 듯 내 정수리를 톡톡 두드렸다.

"처음이자 마지막으로 봐주는 거야."

연준이 이 정도에서 화를 푼 게 다행이었다. 절교한다 해도 할 말 없는 잘못이었다. 한결 부드러워진 얼굴로 연준이 다시 휴대폰을 꺼냈다. 그런 다음, 내 유치한 첫 글자 읽기로 된 모집 글을 가리키며 말했다.

"오픈 채팅방 처음 만들었을 때 들어온 애들 중에 네가 쫓아낸 오컬트 오타쿠 있지? 걔 내 학원 친구거든."

"뭐?"

"옆 학교 다니는 남자앤데, 우리 학교뿐만 아니라 이 지역 중고등학교, 대학교 괴담까지 전부 꿰고 있는 진짜 마니아야. 공부 엄청 잘하는데 의대가 아니라 민속학과? 뭐 그런 데를 가겠다고 해서 부모님이랑 자주 싸운대. 생물실 괴담 처음

이야기해 준 것도 얘야. 아는 건 많은데 눈치는 없어. 네가 올린 모집 글 보고 진짜 오컬트 동아리 공고인 줄 알고 신나서 들어갔다가 쫓겨났다며."

"너한테 캡처본 보여 준 것도 걔겠네. 올린 지 두 시간 만에 내렸는데."

연준이 고개를 끄덕였다.

"다행이지. 내가 예정보다 빨리 생물실에 가지 않았다면 괴물에게 무슨 짓을 당했을지 모르잖아."

하나하나 맞는 말이었다. 역시 공부 잘하는 친구라 말에도 조리가 있다. 나는 죄지은 사람처럼 주눅 든 채 고개를 끄덕였다.

"만나 볼래?"

연준이 물었다. 나는 기다렸다는 듯 고개를 끄덕였다.

괴담의 전말

오컬트 오타쿠의 이름은 윤하영. 본래 이름은 윤광철이었는데, 작년에 할아버지가 어디선가 점을 보고 오더니 개명을 해야 의대에 갈 수 있다고 하도 난리를 피워 대는 바람에 백만 원이나 주고 새 이름을 사 왔다고 했다.

"어른들은 이상해. 자기네들은 고작 남의 말에 십 년 넘게 쓴 이름을 돈을 주고 바꾸기까지 하면서, 왜 내가 민속학과에 가고 싶다니까 그렇게 심란하게 보는 걸까? 군이 한심함의 정도를 따지자면, 후자보다는 아무래도 전자 쪽이지 않아?"

"맞아. 어른들은 자기네들의 불안과 불만을 자기보다 어린 사람에게 전가하려고 하잖아."

"그러면서 막상 중요한 순간에는 어리다는 이유로 결정에서 제외해 버리지."

차례대로 윤하영, 심연준, 그리고 나 이제미가 한 말이다. 처음에는 단순히 정보를 얻기 위해 만났는데, 생각보다 이 괴짜와 공감대가 맞았다. 윤하영 역시 우리가 마음에 든 듯했다. 만족스러운 표정으로 미소를 지은 윤하영이 팔짱을 끼며 말했다.

"오픈 채팅방에서 퇴장시켰을 때는 되게 짜증 났는데 직접 이야기해 보니까 괜찮네. 역시 사람은 직접 겪어 봐야 해. 사람뿐만 아니라 모든 일이 그런 거 같아. 한낱 괴담이라고 여겼던 이야기가 진짜인 것처럼."

"그 말도 맞아. 그러니까 생물실 괴담에 대해 알고 있는 거 전부 이야기해 줘."

윤하영이 크게 심호흡을 한 뒤, 조심스레 입을 열었다. 때마침 주문한 고구마치즈피자가 나왔고, 우리는 달콤한 피자 한 조각씩을 들고서 윤하영의 목소리에 귀를 기울였다. 이 근방 명물답게 고구마치즈피자는 완벽했다.

"나도 자세한 것까지는 몰라. 그냥 건너 건너 들었을 뿐이니까. 괴담이라는 게 전부 그렇잖아? 왜곡과 확대 해석과 망상과 와전이 합쳐져서 더할 나위 없이 매력적인 이야기가 되는 거거든. 하지만 그런 괴담에도 어쨌든 일말의 진실은 섞여 있기 마련이야."

입안에 달콤한 고구마 무스가 퍼졌다. 나는 열렬히 고개를 끄덕였다.

"너네, 왜 하필 생물실이고 왜 하필 괴물인지 생각해 본 적 있어? 학교 괴담에 등장하는 건 보통 귀신이잖아. 괴물 같은 건 이런 괴담보다는 게임에 등장하지."

"게임?"

윤하영이 고개를 끄덕였다.

"이건 우리 사촌 형의 친구의 여자 친구의 절친의 동생이 해 준 이야기야. 지금은 그분이랑 헤어졌다는데, 뭐 어쨌든. 그 동생이 너네랑 같은 학교였거든. 형이 지금 삼십 대 후반이니까, 이십 년도 지난 이야기지. 그 사촌 형의 친구의 여자 친구의 절친의 동생 말에 의하면, 옛날 생물실에서 사건이 있었대."

"사건?"

"응. 학생 한 명이 자살한 거야. 보름달이 뜨는 날 생물실 표본 통에 든 포르말린 용액을 마시고."

갑자기 입맛이 싹 달아났다. 달콤한 피자가 씁쓰름하게 느껴졌다. 윤하영은 오컬트 호러 마니아답게, 끔찍한 이야기에도 눈 하나 깜짝하지 않고 피자 조각을 해치웠다.

"그 선배는 엄청난 게임 마니아였대. 매일 늦은 시간까지 별관 학교 컴퓨터실에 남아 있었다더라고. 그러다 불량 학생들이 담배 피우고 돈 뜯는 걸 목격한 거야. 더 큰 문제는 목격했다는 걸 들킨 거지. 그 뒤로는 예상했다시피 괴롭힘의 대상이 되었어."

"잠깐, 생물실이 아니라 컴퓨터실이잖아. 지금은 없는."

"계속 들어 봐. 그 불량 학생들이 선배를 끌고 가서 괴롭히던 곳이 주로 생물실이었대. 생물실에는 이런저런 무서운 표본들이 있었잖아. 그때는 개구리 해부 실습도 하던 시절이니까, 표본도 지금보다 더 많았고. 겁주기에 아주 좋은 장소였던 거지. 그런데 어느 날, 사고가 터졌어. 계속 당하기만 하던 선배가 참다못해 괴롭히던 주동자를 밀었는데, 하필 표본들이 든 철제 선반이 그 학생 위로 쓰러진 거야. 유리 표본들 전부 깨지고, 동물 시체들도 떨어지고 엄청 끔찍했대. 옛날이라 요즘과 달리 약품 관리도 철저하지 않아서, 방치된 위험한 약품들도 있었대나 봐. 밑에 깔린 학생은 의식 불명이 됐어."

우리는 잠시 피자 가장자리를 든 채로 말없이 침을 삼켰다.

"의식 불명이 된 학생의 부모가 이 일대에서 유명한 재력가였거든. 하나뿐인 아들이 그 모양이 되었으니 얼마나 속이 상하겠어? 화풀이할 곳이 필요했던 거지. 괴롭힘 같은 앞뒤 사정은 전부 모른 척하고 그 선배랑 그 가족에게 피해를 보상하라고 엄청 압박을 넣은 거야. 그 선배네 집은 그렇게 여유로운 편이 아니었대. 결국 억울함과 죄책감, 압박감을 이기지 못한 선배가 극단적인 선택을 한 거야. 당시만 해도 사건이 터지면 조용

히 넘어가려고 급급하던 때잖아. 뭐, 요즘도 많이

다르진 않지만. 기사가 크게 나지 않은 걸 보면

돈을 주고 막은 거 같다고 했어."

"불쌍해. 그래도…… 죽지는 말지. 죽는 게 더

억울하잖아."

연준이 중얼거렸다. 나는 괜히 뜨끔해서, 주제

를 돌렸다.

"그래서 게임과 괴물은 무슨 상관인데?"

"소문이 입에 입을 거쳐 와전되듯, 괴담도 시

간이 흐를수록 변하는 거 알지?"

나는 고개를 끄덕였다. 괴담뿐만 아니라 모든

이야기는 유동적이다.

"그 선배가 게임 마니아였다고 했잖아. 매일

학교 컴퓨터실에 남아 있었던 이유는 게임을 만

들기 위해서였어. 자신만의 플래시 게임을 만들

고 싶었나 봐. 괴롭힘을 당하게 된 후에도 선배는

꿋꿋이 게임을 만들었대. 오히려 전보다 더 집착

했다더라고. 수업도 빠지고 컴퓨터실에 가 있어서 선생님들도 포기할 정도였대. 게임 속 세상이 일종의 도피처 아니었을까? 소문에 의하면, 선배가 게임을 완성시키고 자살했다더라고. 하지만 그 게임 시디나 파일은 컴퓨터실 어디서도 발견되지 않았대."

윤하영은 콜라를 한 모금 마시고서 설명을 이어 갔다.

"이후에 이상한 소문이 돌았어. 늦은 시간 컴퓨터실에 남아 컴퓨터를 사용하다 보면 불시에 게임이 시작된대. 그 게임에서 이기면 상관없지만, 지면 저주를 받아 죽는다는 거야. 게임 내용은 간단해. 배경은 생물실이야. 학교 종이 치면 괴물이 나타나서 학생들을 잡아먹어. 여기서 특이한 건 플레이어는 도망치는 학생이 아니라 괴물이래. 생물실에 숨은 학생들을 다 잡아먹으면 이기는 게임이지. 어때, 지금의 생물실 괴담과 엄청 비슷하지?"

"그 게임을 실제로 해 본 사람이 있어?"

윤하영이 고개를 끄덕였다.

"응. 내 사촌 형의 친구의 여자 친구의 절친의 동생의 남자 친구의 누나."

"그게 뭐야. 그냥 남이잖아."

윤하영이 어깨를 으쓱하며 대꾸했다.

"원래 괴담은 무수한 남의 입을 통해 퍼지는 거라고 말했잖아. 당시엔 '생물실 괴담'이 아니라 '저주받은 컴퓨터 괴담'으로 불렸대나 봐. 이게 생물실 괴담의 원형이야. 하지만 세월이 흐르고 더 이상 컴퓨터실이 필요하지 않게 되면서 괴담이 바뀌었지."

"게임 플레이랑 상관없이 보름달이 뜨는 밤 생물실에 남아 있는 학생들을 노리는 쪽으로?"

윤하영이 고개를 끄덕였다. 이야기를 가만히 듣던 연준이 조심스레 의견을 더했다.

"이건 내 추측인데, 그 선배는 자신을 괴롭히는 학생들에게 복수하고 싶지 않았을까? 하지만 현실에서는 불가능하니, 복수가 가능한 세계에 가고 싶었을 거야. 예를 들면 자신이 만든 게임 속 생물실처럼. 마침 보름달이 뜨는 날이었잖아. 보름달이 자살한 선배의 마지막 소원을 들어준 거라면?"

선배는 보름달이 뜨는 날 죽었고, 붉은 생물실에는 보름달이 뜨는 날에만 갈 수 있다. 그리고 그 세계엔 늘 불길한 붉은 보름달이 떠 있다. 자신이 만든 게임이 실제가 되기를 바랐다 한들, 그 안에 갇히기를 바라지는 않았을 것이다.

"내가 소원 빌 때는 한 번도 들어준 적 없던데. 목숨을 걸지 않아서 그런가?"

윤하영이 툴툴댔다. 물론 보름달은 내 소원도 들어준 적 없다. 어차피 전부 미신에 기반한 추측에 불과했다. 괴담과 맥락이란 끼워 맞추기 나름이다. 그래도 나는 연준의 추리가 제법 그럴듯하다고 생각했다. 대부분의 가상 세계는 창조자의 욕망이 반영되어 만들어지니까.

"우연의 일치인지 몰라도, 실제로 그 의식 불명이었던 가해자 학생 역시 깨어나고 얼마 지나지 않아 사고로 죽었대. 이게 내가 알고 있는 전부야."

"생물실 괴담이 그 사건 때문에 만들어졌다면, 사라졌다는 게임 시디는 어디에 있을까?"

"그거야 너희들이 이제 알아낼 일이지. 사실 내가 알고 있는 얘기도 얼마나 변형된 건지 몰라. 그나마 확실한 건, 당시에 자살 사건이 있었다는 거야. 이건 내가 졸업 앨범을 직접 보고 확인했어. 학기 중에 찍은 단체 사진에는 그 선배가 있는데, 개인 프로필 사진에는 빠져 있더라고. 크지는 않지만 동네 신문에 작게 보도되기도 했고. 이름이 특이했는데……."

"이름이 김화문이야?"

윤하영이 어떻게 알았냐며 고개를 끄덕였다. 나는 생물실에 덩그러니 남은 괴물을 떠올렸다. 화문은 그곳에서 복수에 성공했을까? 성공했다면, 왜 아직까지 그곳을 떠나지 못하고 있는 걸까? 무려 이십 년이었다. 복수에 성공했다 해도 하지 못했다 해도 의문이 남았다. 괴담대로라면, 화문이 복수를 이루기 위해서는 컴퓨터실에 남아 있어야 한다는 조건이 전제한다. 그러나 가해자는 의식 불명이었다. 깨어났다 한들 자살한 학생이 즐겨 쓰던 공간에 늦게까지 있을 이유가 없었다. 가해자의 부모들도 늦은 시간 컴퓨터실에 있을 일은 없었을 것 같다.

어쩌면 가해자가 사망한 것은 화문과 관계없는 사고였을지도 모른다. 화문은 그 붉고 외로운 공간에서 복수할 대상이 오기를 기다린 것 아닐까? 하지만 아무리 오래 기다려도 나타나지 않았겠지. 죽어 버렸으니 더더욱. 애먼 아이들만 차원의 틈으로 빨려들어 괴물이 된 화문을 목격하고 괴담을 퍼뜨렸을 것이다. 컴퓨터실이 사라지고 괴담의 배경이 생물실로 바뀔 동안, 화문은 혼자였다. 오랜 기다림과 복수심이 또 외로움이 화문을 집어삼켰을 것이다. 끈적끈적하고 질긴 미움과 후회에 잠식당한 화문은 더 이상 스스로 멈출 수 없는 지경이 되어 버렸을지도 모른다. 또다시 화문의 지친 목소리가 스쳤다.

'나도 여기서 나가고 싶어.'

한편으로 스스로를 가둘 생물실을 창조한 화문이나 그 공간을 제 발로 찾아간 나나 다를 바 없다는 생각이 들었다.

윤하영과는 버스 정류장 앞에서 헤어졌다. 윤하영은 마지막 순간까지 검지로 안경을 밀어 올리며 괴담에 대해 더 궁금한 일이 생기면 언제든 부르라고 자신만만하게 말했다. 윤하영이 추구하

는 유식한 분위기는 없었으나 꽤 믿음직스럽기는
했다.

윤하영을 먼저 보낸 후 연준과 오래 걸었다.
실없는 농담과 괴담에 관한 의견을 번갈아 주고
받았다. 언제부턴가 연준은 짧게 대꾸만 할 뿐 말
을 하지 않았다. 간혹 나를 흘깃거리기만 했다.
난 연준의 표정을 읽을 수 있었다. 연준은 내 진
짜 마음을 꺼내 보이길 기다리는 중이었다.

나는 연준과 한 약속을 떠올렸다. 솔직할 것.
전부는 아니어도 나눌 수 있는 만큼 나눌 것.

나는 연준과 계속 친구를 하고 싶었으므로,
그 약속을 지켜야 했다. 그래서 깜빡이는 가로등
아래 걸음을 멈추고 연준을 바라보며 말했다.

"나, 그 생물실에 다시 가야겠어. 괴물을, 아니
김화문을 구해 주고 싶어."

눈을 감자 붉은 생물실이 펼쳐졌다. 나는 괴

담 속 화문의 상황에 스스로를 대입해 보았다. 도망치고 싶었을 뿐인데 누군가를 죽여 버렸다. 그 찰나로 인해, 주변 사람들이 고통받고 있다. 나에게 남은 건 그토록 애정하던 플래시 게임뿐. 게임만이 돌파구이자 안식처처럼 느껴졌을 것이다. 자신의 진짜 모습이 아닌 괴물의 가죽을 뒤집어쓰고 상처 입힌 이들을 마구 잡아먹는 상상을 하며 위안을 얻었을지도 모른다. 도망치는 마음으로 죽음을 결심한 사람은 자신이 아끼던 대상을 어디에 두었을까? 아무도 쉽게 찾을 수 없는 곳에 숨겼을까? 차라리 가지고 가려고 하지 않았을까?

휴대폰으로 구식 저장기기를 검색했다. 옛날에는 요즘과 같은 온라인 클라우드 계정이나 유에스비가 아닌 실물 시디나 네모난 모양의 플로피 디스크에 파일을 보관했다고 한다. 사라졌다는 게임 시디가 중요한 힌트라는 직감이 들었다.

정말 우리가 다녀온 붉은 생물실이 죽은 화문이 만들어 낸 저주의 공간이라면, 그 모든 걸 멈출 수 있는 열쇠 역시 그쪽 세계에 있을 테다. 그리고 화문은 나에게 구해 달라고 말했다. 그건 스스로는 멈출 수 없다는 말이었고, 또한 멈추고 싶다는 뜻이기도 했다.

나는 화문의 외로움에 대해 생각했다. 자신이 도망친 세상에 갇혀 버린 기분을. 족쇄 같은 모든 감정들로부터 자유로워지고 싶었을 작은 아이를 이제는 편하게 해 주고 싶다고.

괴물의 심장

연준은 단호하게 말했다.

"너 혼자 가는 건 절대 안 돼."

당연히 반대할 거라고 예상했다. 이전 같았으면 멋대로 행동했겠지만 이제 더는 연준을 속이고 싶지 않았다. 어떻게 설득해야 할지 고민하는데 연준이 먼저 입을 열었다.

"그러니까, 다 같이 가자."

"다 같이?"

연준이 크게 고개를 끄덕였다.

우리는 다시 별관 앞에 모였다. 여기서 우리란 당연히 나 이제미와 정수림, 유환희, 그리고 심연준이다. 연준은 윤하영에게 알아낸 화문의 정보와 작년 독서논술대회 최우수상 수상자다운 언변으로 수림과 환희를 멋지게 설득했다. 동의를 얻은 끝에야 알게 된 사실이지만, 사실 두 사람도 계속 마음에 걸렸다고 한다. 환희가 처음 괴물에게 쫓기다 복도에서 넘어져 발목을 접질렸을 때, 분명 자신을 붙잡을 틈이 있었는데 괴물이 가만히 서서는 아무 짓도 하지 않은 게 이상했다는 것이다. 오히려 불쾌한 점액이 툭툭 떨어지는 팔을 뻗는 게 해치려는 것처럼 보이지는 않았다고. 친구들이 나와 같은 감상이었다는 걸 깨닫자 이 결심에 더욱 확신이 일었다.

"물론 전부 기분일 뿐이지만."

수림도 조심스레 말했다.

"사실, 그때 나도 들었어. 괴물이 구해 달라고

하는 거. 귀찮아서 모른 척하려고 했는데…… 사연까지 듣고 나니까 무시할 수가 없네."

죽으려고 괴물을 찾아갔으면서, 이제는 괴물을 구하고 싶어 하다니. 사람의 일이란 어떻게 흘러갈지 모른다. 내 미래도 그럴까? 뜻밖의 새로운 돌파구를 발견할 수 있을까? 바로 그 주장에 근거를 대기 위해서라도, 나는 꼭 괴물을 다시 만나고 싶었다. 오랫동안 혼자였을 괴물을 안아 주고 그의 바람을 이뤄 주고 싶었다. 만족스러운 결과를 얻어 낸 연준이 팔짱을 끼며 비장하게 말했다.

"그럼 이제 계획을 세워 보자. 생물실 침입 계획."

사건이 있었던 날 이후로 별관은 아예 출입이 불가해졌다. 자물쇠도 튼튼한 것으로 바뀌어서 멋대로 들어갈 수가 없었다. 고민에 고민을 거듭하다 결국 한 가지 엉성한 방법을 떠올렸다. 곧

시에서 독서감상문대회가 열린다. 선정 도서 중에 본관 도서관에는 없고 별관 도서관에만 있는 서적이 있다는 걸 이용하기로 했다. 연준이 우리 학교 성적 우수자 상위 삼 퍼센트에 속하는 모범 기숙사생이어서 천만다행이었다.

결전의 날은 빠르게 다가왔다. 하루하루는 무척 긴 것 같은데, 정신을 차려 보면 시간이 훌쩍 흘러 있었다. 그사이 학교는 차츰 안정을 되찾았다. 수림은 제대로 된 꿈을 찾을 때까지 성적에 신경을 좀 써야겠다며 공부에 집중했고, 환희는 학교 안과 밖에서 하는 여러 진로 상담 프로그램을 찾아다녔다. 꿈이란 가지고 싶다고 갑자기 생기는 게 아니었다. 목표를 정하는 과정도 나아가는 것 못지않게 힘들다. 수림과 환희 둘 다 나름 대로 고통스러워 보였지만, 그만큼 현실을 마주하고 있다는 뜻이었다. 연준은 역시나 나와 노는 시간을 제외하고는 온갖 대회 준비와 공부에 전넘하느라 바빴다. 각자의 궤도를 달리는 친구들을 보며, 나도 그들과 함께 미래를 고민하고 싶다고 생각했다.

나만의 갈등을 가지고 싶었다. 내가 바꾸지 못하는 일에 대한 고민이 아니라, 내가 바꿀 수 있는 미래를 향한 고민을 말이다.

우리 집은 변한 것 없이 그대로였다. 여전히 돈과 대화가 부족했다. 친밀한 가족인 것도 가족이 아예 아닌 것도 아닌 그 모호한 상태에 그럭저럭 적응했고, 여전히 일주일에 한두 번은 아빠의 메시지를 받았으며 엄마와 함께 밥을 먹었다. 그러다 가끔 아빠가 보내는 의미 없는 들꽃 사진에 대해 이야기했다. 하루는 엄마가 말했다. 다니고 싶은 학원이 있으면 말하라고. 그 정도는 어떻게든 해 주겠다고. 나는 속으로 그럴 돈이 있으면 저축이나 하라고 빈정댔지만 입으로는 진정 필요한 게 생기면 말하겠다고 답했다.

그날 밤에는 집이 붉은 생물실 같지 않았다. 아이러니하게도 그래서 더 괴물 생각이 났다. 꾸르륵거리는 소리를 내며 홀로 복도를 배회하는 괴물. 포르말린 용액에 박제된 고독. 그날 밤 꿈에 나는 생물실의 괴물이 되었다. 끈적하게 굳은 포르말린 용액에 감싸인 채로 끊임없이 어둠 속을 걸었다. 쩌어억, 쩌어억, 내 발소리밖에 들리지 않는 공간에서 내 존재를 확인해 줄 타인을 찾아 팔을 뻗었다. 그러나 아무도 닿지 않았다.

그렇게 계획 당일이 되었다.

연준이 하교 후 책을 빌리고 싶다는 핑계로 독서감상문대회 담당 국어 선생님과 함께 별관으로 가 문을 열었다. 우리는 두 사람이 도서관으로 향하는 사이 잽싸게 안으로 들어갔다. 이제 문제는 생물실이었다. 생물실 역시 자물쇠로 단단히 잠겨 있었고, 열쇠 꾸러미는 당연히 국어 선생님의 손에 있었다. 별관에 들어왔어도 생물실에 들어가지 못하면 할 수 있는 게 없었다. 과연 연준의 연기가 통할까? 우리는 초조한 마음으로 건너편 화장실에 숨어 발소리를 기다렸다.

"선생님, 사실 제가 선생님을 찾아온 건…….."

연준의 목소리였다. 연기라는 걸 알고 들으니 목소리와 말투가 영 어색했다. 우리의 계획은 이랬다. 연준이 진로 고민과 학업 스트레스를 이유로 상담을 신청한다.

"사실 공부도 공부지만, 생물실 사고 때 잔상이 머리를 떠나지 않아서 괴로워요. 심리학 책에서 보니, 그럴 때는 트라우마가 된 장소가 복구된 걸 보는 게 효과가 있다고 하던데 선생님이랑 같이 생물실 한 번만 둘러보면 안 될까요?"

당연히 대충 지어낸 말이다. 국어 선생님은 우리 학교 선생님들 중 가장 마음이 여린 편이었다. 학생들의 상담을 가볍게 여기지 않고 진심으로 함께 고민해 주는 고마운 선생님이었다. 죄송하게도 지금은 그런 선생님을 이용할 수밖에 없었다.

"음, 한 바퀴 둘러보기만 하면 되는 거지? 오래는 안 돼."

얼마 지나지 않아, 착한 국어 선생님의 걱정과 함께 문이 열리는 소리가 났다. 거짓말해서 죄송해요, 선생님. 하지만 괴물을 구하기 위해서는 어쩔 수 없어요. 이제 연준이 조금만 더 시간을 끌어 주면 된다. 문이 열려 있는 틈에, 자물쇠를 바꿨다. 본래 자물쇠와 크기와 모양이 비슷하지만 잠글 때는 열쇠가 필요하지 않은 자물쇠였다. 창문 틈으로 연준과 눈짓을 주고받았다. 우리가 다시 화장실에 숨고 얼마 지나지 않아 국어 선생님과 연준이 생물실을 나왔다. 열쇠 짤랑이는 소리가 들렸다.

"아까도 자물쇠가 이 모양이었니?"

"네. 똑같은데요? 그냥 누르면 잠기는 거 같아

144

요.”

“그렇긴 한데. 내가 요새 정신이 없어서 그런가 봐. 왜 다른 거 같지?”

입안이 바짝 말랐다. 무사히 넘어가기를 기도하는 수밖에.

“저 이제 학원 갈 시간이라서요. 먼저 가 볼게요!”

연준이 도망치듯이 자리를 벗어났다. 그에 국어 선생님도 부랴부랴 자물쇠를 도로 잠그고 별관을 빠져나갔다. 임기응변치고는 조악했지만 어쨌든 통하긴 한 모양이었다. 한시름 놓았다. 건물 입구 자물쇠까지는 경비 아저씨에게 들킬 수도 있어 손대지 않았으니, 이제 꼬박 밤이 올 때까지 이 안에서 기다려야 했다.

“준비됐지?”

“응. 당연하지.”

나와 수림과 환희는 화장실에서 나와 생물실

앞으로 다가갔다. 바꿔치기한 자물쇠의 열쇠를 밀어 넣자 문은 쉽게 열렸다. 최대한 인기척을 줄이며 조심스레 안으로 향했다. 내부는 사건이 벌어졌던 날과 크게 다르지 않았다. 선반이 사라졌다는 걸 빼고는 그대로였다. 다행히 비품 창고 문은 열려 있었다. 안에 있는 건 청소 용구뿐이었다. 문제가 될 만한 건 전부 치운 듯했다. 우리는 그 안으로 들어가 몸을 웅크렸다. 저녁을 먹지 못할 것을 대비해, 미리 챙겨 온 삼각김밥과 빵, 과자를 뜯었다. 제법 스릴 있는 기분이었다. 다가올 밤을 우리는 꽤나 긴장한 채로 기다렸다.

여러 번의 작전 회의 끝에 연준은 현실에 남아 있기로 결정했다. 적정 시간에 우리를 깨워 줄 사람이 필요했고, 동선상으로도 국어 선생님과 함께 별관을 나선 연준이 다시 들어오려면 당장 출입문 열쇠가 있어야 했다. 연준의 임무는 밤까지는 어떡하든 출입문 열쇠를 손에 넣은 후 열한

시 전에 우리를 깨워 별관에서 데리고 나가는 것이었다. 연준은 괴담 마니아 입장에서 실제 괴물을 목격하지 못하는 게 억울하다고 호소했지만, 고민 끝에 결국 스스로도 자신의 역할이 가장 중요하다는 걸 인정했다.

"그래, 우리 넷 중에 독서감상문대회를 신경 쓸 만한 건 나밖에 없지. 수림이나 제미나 환희네가 책을 빌리고 싶다고 해 봤자 무슨 속셈이냐고 의심부터 할 거야."

다섯 시간이 넘도록 어떤 소리도 들려오지 않는 고요한 어둠 속에 웅크려 있다 보면, 잠이 안 오려야 안 올 수가 없다. 이번에는 청심환의 도움을 받지 않아도 간단히 붉은 생물실로 넘어갈 수 있었다. 졸고 일어나자 휴대폰은 먹통이었다. 심호흡과 함께 비품 창고 문을 빼꼼 열었다. 붉은 보름달이 뜬 세계가 맞았다. 여기가 화문이 만들어 낸 그 저주받은 게임 속이라는 거지.

문틈 사이로 괴물은 보이지 않았다.

"정말 괴물이 공격하지 않는 거 맞지? 난 이제 와서 그렇게 죽긴 싫어."

"나도 다음 주에 진로 상담 예약해 둬서 안 돼. 온라인 영상 편집 강의도 어제 결제했다고. 생각보다 비싸더라."

수림과 환희가 한마디씩 거들었다. 그 목소리 덕분에 고요한 생물실은 약간의 훈기를 머금었다. 저번에 왔을 때는 겁에 질려 잘 관찰하지 못했는데, 이제 보니 생물실의 실험대와 선반, 칠판 등은 확실히 옛날 물건이었다. 화문이 플래시 게임을 만든 지 이십 년도 넘었으니 그때 교실이 모델이었을 것이다. 이쪽 세계와 현실 세계는 달랐다. 이 생물실은 현실의 생물실이 아닌, 수십 년전 과거의 생물실에 가까웠다. 현실의 생물실은 사건 이후 철제 선반과 생물 표본들을 전부 치웠다. 그런데 이곳에는 그대로 있었다. 이 섬뜩한 공간은, 과거의 재현이면서 동시에 죽은 화문이 기억하는 공간인 것이다. 이로써 이 섬뜩한 세계를 화문이 디자인했다는 사실이 더욱 확실해졌다.

"김화문!"

괴물을 불러들이기 위해 저 복도까지 들릴 만큼 쩌렁쩌렁하게 외쳤다. 괴물, 아니 화문의 발소리는 질척거린다. 마른 발이 아니라 불쾌한 점액 따위로 둘러싸인 발이 힘겹게 한 발 한 발을 내딛는 소리가 난다. 그건 화문을 얽맨 복수심과 미움과 후회와 미련과 증오와 그 모든 지독하고 끈끈한 감정의 자국 그 자체일지도 몰랐다.

"그런데 만나서 어떻게 할 건지는 정했어? 도대체 네가 생각한 방법이 뭐야?"

수림이 물었다. 환희도 "가장 중요한 걸 말 안 해 줬잖아?"라고 맞장구를 치며 내 쪽을 바라봤다. 물론 계획은 있었다. 비록 통할지는 확신할 수 없지만.

나는 괴물을 구해야겠다고 마음먹은 순간부터 단 한 번도 화문을 잊지 않았고, 그를 구할 계획을 떠올렸다. 아이디어는 괴물을 향해 손을 뻗었던 기억에서 얻었다. 축축하고 미지근한 표면 안으로 손을 집어넣자 모습을 드러낸 화문. 허물을 벗듯 떨어지던 덩어리들.

그 방법은 아주 간단하다. 나 혼자서도 할 수 있지만 친구들이 있다면 더욱 효과를 발할지도 모른다. 중요한 건 이쪽 세계에서 현실로 돌아가는 알고리즘이었다. 그러니까 우리가 현실 세계로 돌아가려면, 그쪽 세계의 누군가가 전화를 걸거나 잠을 깨워야 한다. 한마디로 우리를, 우리의 존재를 찾는 타인이 있어야 한다. 그 타인이 우리를 불러들여야 한다. 돌아오라고. 네 존재는 이곳에 필요하다고 말이다. 화문은 죽고 이십여 년이 지났다. 지역 신문과 없는 인맥을 뒤져 알아본 결과, 화문의 부모님은 다른 지역으로 이사를 갔다. 한때 친했던 동창이 있다 한들 이십 년은 긴 세월이었다. 화문을 기억하고 찾아 주는 사람은 이제 많이 남지 않았을 것이다. 그는 이곳에서 잊혀졌다. 그러니 뒤늦게라도 괴물의 정체를 알아낸 우리가 화문의 존재를 알아줘야 했다. 이름을 부르고, 그가 잃어버린 모든 감정과 온기를 떠올려 주어야 했다.

"괴물을 여기에서 꺼내 주는 방법, 그건 바로……."

환희와 수림이 고개를 끄덕이며 침을 삼켰다. 나는 가뿐히 말했다.

"있는 힘껏 안아 주는 거야! 포르말린 막 너머로 우리가 닿을 수 있게."

"그게 뭐야?"

"그게 뭐야?"

수림과 환희가 동시에 외쳤다. 얼마 전부터

느끼는 거지만, 두 사람은 점점 닮아 가고 있었다. 어이없어 할 거라고 예상했다. 나도 이 방법이 과연 통할까 싶으니까. 하지만 일단은 해 보는 수밖에.

쩌어억, 쩌어억. 발소리가 점차 가까워졌다.

흐릿한 창문 너머로, 거대한 실루엣이 비쳤다. 심장이 떨어져 나갈 것 같다. 괴물은 저번에 보았던 모습 그대로였다. 반투명한 덩어리에 뒤덮인 거대하고 무시무시한 모습이었다. 몸통 가운데에 덩그러니 자리한 그림자 역시 그대로였다.

문이 열리고, 화문이 들어섰다. 우리 쪽으로 서서히 다가왔다. 쿵, 쿵, 바닥이 불길하게 진동했다. 사실 이성과는 별개로, 이전에 쫓긴 기억 때문에 두려움이 움텄다. 고양이 앞의 쥐처럼 몸이 덜덜 떨렸다. 계획이 실패하면 어쩌지? 친구들이 나 때문에 위험에 처하면 어쩌지? 안 좋은 가정이 샘솟았지만 용기를 냈다. 나는 당장이라도 도망치고 싶은 마음을 누르고 내 안의 모든 집중력과 결단력을 발휘했다. 눈을 질끈 감고서 발돋움하기 위해 종아리에 힘을 줬다.

목표물을 발견한 화문이 지난번처럼 크게 입을 벌렸다. 뾰족한 이빨들은 여전히 위협적이었다. 괴물이 머리를 마구 흔들며 포효했다. 그때마다 톡 쏘는 포르말린 냄새를 비롯해 마구잡이로 섞인 화학 약품들의 악취가 코를 찔렀다. 몸통 안의 그림자가 몸부림칠 때마다 보글보글 기포가 끓었다. 나는 물러서지 않았다. 꼿꼿이 서서 입을 열었다가 닫았다가, 뒷걸음질 쳤다가 금방이라도 달려들 것처럼 상체를 숙이는 괴물을 눈에 담았다. 화문이 몸부림치는 만큼 괴물도 고통스러워했다. 쉭쉭거리는 숨소리와 음산한 신음 틈새로 지난번과 같이 화문의 미약한 목소리가 흘러들었다.

"혼자는, 이제, 싫어."

그때, 괴물 안의 화문과 눈이 마주친 것만 같은 기분이 들었다.

바로 지금이었다. 눈앞의 축축하고 외로운 괴물을 향해 몸을 날렸다. 양팔을 활짝 벌리고서 질척한 원념의 껍질을 품에 안았다. 빈말로도 유쾌하다고는 말 못 할 찝찝한 감촉이었다. 거대하고 미지근한 푸딩 인형을 와락 껴안는 기분. 오묘한 빛깔의 덩어리들이 나까지 집어삼킬 것만 같았다. 하지만 질 수 없지. 나는 팔을 마구 휘저어서 웅크린 화문을 붙잡았다. 작고 둥근 어깨가 닿았다. 그 어깨를 붙잡아 있는 힘껏 내 쪽으로 끌어당겼다. 화문을 뒤덮은 모든 감정들로부터 헤어나올 수 있게.

불쾌한 덩어리들이 느리게, 하지만 분명히 화문의 몸에서 떨어져 나갔다. 등 뒤에서 수림과 환희가 중얼거리는 소리가 들렸다.

"껴안는 게 효과가 있나 봐! 괴물이 녹아내리

고 있는데?"

"그, 그럼 하나 둘 셋 하면 같이 안는 거야."

하나, 둘, 셋! 수림과 환희가 포옹에 합세했다.
화문은 우리 세 사람에게 둘러싸여 꼼짝도 하지
못했다. 반투명한 막이 점차 녹아 사라지고, 곧
작은 남자아이만이 남았다. 바닥에는 화문에게서
흘러내린 반투명한 덩어리들이 민달팽이마냥 꿈
틀거렸다. 훨씬 가벼워 보이는 화문이 작게 중얼
거렸다.

"여기에 다시 와 줄 줄 몰랐어. 나는 너무 오
래 혼자였거든."

나는 그 애의 눈을 바라봤다. 마주 보는 건 처
음임에도 무척 익숙한 기분이 들었다. 팔 안쪽에
닿은 마른 어깨가 잘게 떨렸다. 우리는 그제야 화
문을 놓았다. 나는 화문의 앙상한 손을 맞잡으며
말해 주었다.

"널 괴롭힌 그 아이는 이미 죽었어. 이제 괴물

이 될 필요 없어. 이 공간에서 혼자 고통받지 않아도 돼. 네 이름은 우리가 기억해 줄게. 그러니까 이제 게임을 끝내자."

화문이 내 손목을 쥐고는 제 가슴으로 가져갔다. 하복 셔츠에 손바닥이 닿자, 화문의 심장 박동이 느껴졌다.

'죽었는데, 어떻게?'

손바닥에 뾰족한 뭔가가 느껴졌다. 화문의 가슴에서 부드럽게 튀어나온 그것. 꼭 심장을 빼내는 것 같았다. 내가 당황해서 손을 떼자 그것 역시 쏙 빠져 허공에 둥실 떴다. 심장 모양을 한 반투명한 덩어리 안에, 낡은 시디 한 장이 빛났다.

저게 바로 붉은 생물실을 있게 한 게임이구나. 화문의 심장과도 같았던 열망이자 도피처구나. 나는 시디를 향해 손을 뻗다 멈추고 화문을 응시했다. 심장을 내준 화문은 입을 달싹여 작게 속삭이듯이 말했다.

"나를 ─ 아 줘서 고마워."

곧 화문은 자신을 뒤덮었던 덩어리들처럼 무너져 흘러내렸다.

화문의 심장을 이루던 마지막 덩어리가 풀썩 바닥으로 떨어졌다. 나는 떨어지는 시디를 잽싸게 붙잡았다. 내 손이 닿는 순간 시디는 얇은 사탕이 깨지듯 산산조각 났다. 문득 쓸데없는 생각이 들었다. 화문이 마지막으로 건넨 말은, '나를 찾아 줘서'일까, '나를 안아 줘서'일까? 둘 중 어느 쪽이어도 상관없었지만,

화문이 사라짐과 동시에 귀가 떨어질 것 같은 파열음이 들려왔다. 천장과 실험대, 선반과 칠판 등이 무너져 내렸다. 화문과 마찬가지로, 붉은 생물실도 붕괴하고 있었다. 한 세계와 고통과 외로움이 붕괴하는 소리는 이렇구나. 우리는 이제 어떻게 되는 거지? 일단 처음 눈뜬 좁다란 비품 창고 안으로 들어가 서로를 꽉 껴안았다. 독 안에

든 쥐 꼴이었지만, 이상하게도 크게 무섭지는 않
았다. 이번엔 갑자기 땅이 흔들리더니, 온 사방에
사이렌이 울렸다. 천장이 내려앉는 것과 연준으
로부터 전화가 걸려온 건 거의 동시였다.

"어서 돌아와!"

연준의 낭랑한 외침과 함께 우주의 한복판 같
은 암흑의 세계로 둥실 떠올랐다.

그다음은 하강이었다. 밑도 끝도 없이. 한참을
떨어진 후에, 다시 고요한 생물실에서 눈떴다. 세
상은 여전히 적막했고, 내 손에는 낡은 시디 조각
몇 개가 남았다. 하도 세게 쥐었던 탓에 손바닥에
상처가 생겼다. 따갑지만 거슬리지는 않는 상처
였다. 나는 손금의 일부가 될 그 빗금이 꽤 마음
에 들었다.

"우리가 해냈어! 성공이야!"

제일 마지막으로 눈뜬 환희가 양손을 들어 올
리며 외쳤다. 수림이 깜짝 놀라 입을 틀어막았다.

기쁨에 겨운 환희의 포옹을 물리칠 이유가 없어 셋이 함께 얼싸안았다. 뭐랄까, 혼자가 아닌 셋이서 함께 목표를 이룬 기분은 상상보다 더 엄청났다. 지금껏 존재하는지조차 몰랐던 어떤 낯선 지점을 통과한 기분이랄까.

손바닥에 남은 화문의 시디 조각은 딱 네 개였다. 전부 모양도 다르고 뾰족하고 쓸모도 없지만 나는 그것을 간직하고 싶었다. 환희가 내 손바닥의 상처와 자신의 관자놀이 흉터를 비교하며 어느 상처가 더 영광의 상처 같냐고 캐묻는 사이, 시디 조각을 빤히 응시하던 수림이 이걸로 우정 목걸이를 만들면 어떻겠냐고 제안했다.

"드릴로 조그만 구멍을 내서 끈에 매달기만 하면 돼."

나와 생각이 통한 것 같아 기뻤다. 환희가 큰 눈을 깜빡이며 말했다.

"내가 제일 예쁜 조각 가질래. 괜찮지?"

나와 수림은 동시에 고개를 끄덕였다. 때마침 문밖에서 발소리가 들렸다. 경비 아저씨의 발소리는 훨씬 거친 편이니, 분명 연준일 것이다. 비품 창고 문이 열리고, 끝내 열쇠를 손에 넣은 연준이 고개를 들이밀었다. 검지에 걸린 현관 열쇠를 달랑달랑 흔들며 뿌듯하게 물었다.

"제때 전화 걸었나 보네. 내가 열쇠 때문에 얼마나 고생했는 줄 알아? 나가서도 국어 선생님 붙잡고 시간 끄느라 엄청 고생했다고. 그나저나."

거기까지 말하고는 나를 응시했다. 성공했냐고 묻는 것일 테다. 나는 그대로 일어나, 연준을 와락 껴안았다. 화문을 안을 때 묻은 덩어리들 때문에 교복이 온통 엉망이었다. 연준은 잠시 기겁했지만, 결국 얌전히 내 포옹을 받았다. 나는 연준에게 속삭였다.

"당연히 성공했지. 우리, 초승달 엔딩 클럽이잖아."

손에 남은 시디 조각 하나를 연준에게 건넸다. 연준이 달빛 아래 조각을 비쳐 보며 꼭 쪼개진 달 같다며 중얼거렸다. 나는 초승달 엔딩 클럽이라는 이름을 속으로 되뇌었다. 몇 번이고 작게 읊조렸다. 입에 굴리면 굴릴수록 마음에 드는 이름이었다. 비록 창립 의도와는 영 상관없는 모임이 돼 버렸지만.

각자 달을 닮은 시디 조각을 하나씩 들고서 생물실 문을 닫고 별관을 나왔다. 그리고 돌아서자마자 순찰을 도는 경비 아저씨와 눈이 마주쳤다. 희번득거리는 아저씨의 눈이 빛났다.

"도망가자."

우리는 처음 괴물에게 쫓기던 순간만큼 빠르게 움직였다. 경비 아저씨가 왜 그곳에서 나오냐며 전속력으로 쫓아왔다. 질 수 없지. 힘껏 달렸다. 친구들의 숨소리가 음정 박자 맞지 않는 노래처럼 주변을 맴돌았다. 학교의 백 년이 훌쩍 넘은 소나무를 지나 운동장을 가로질렀다. 내 몸에 덕지덕지 붙은 끈적한 덩어리들이 떨어지는 것 같았다. 차가워서 기분 좋은 밤공기가 우리를 감쌌다. 큰 숨과 함께 웃음이 터져 나왔다.

"우리, 이름 좀 잘 지은 것 같아."

누군가 외쳤다. 나일 수도, 수림이거나 환희일 수도, 연준일 수도 있었다. 등 뒤에서는 여전히 경비 아저씨가 헉헉대며 쫓아왔다. 우리는 보름달 아래서 달리는 걸 멈추지 않았다.

▶▶ 작가의 말 ◀◀

제 청소년기를 떠올려 보면 그립다는 감상에 앞서 버겁고 심란한 기분이 떠오릅니다. 흔히들 추억이라고 말하는 즐거운 기억들은 대부분 시간이 흘러 미화된 것입니다. 친구들과 야간 자율학습을(저희 때는 야자를 했답니다.) 째고 나와 컵라면이 익기를 기다리며 '공부하기 싫다', '죽고 싶다', '지구 언제 망해', '놀고 싶다', '아무것도 하기 싫다' 등등의 부정적인 말을 쏟아 내던 날을 기억합니다. 지금은 아련하게 회상하지만 당시의 저는 미래라는 거대한 존재에게 압도되어 도망치고만 싶었습니다. 제가 청소년이 주인공인 소설을 쓸 때마다 계속 달리게 하는 이유도 여기에 있지 않을까 생각합니다.

청소년기는 필연적으로 혼란스럽습니다. 신체적으로도 정신적으로도 급변하는 시기라, 저마다의 문제에 쉽게 매몰되는 것은 물론 진로 고민까지 더해집니다. 다른 친구들은 착실히 뭔가를 준비하고 있고, 나만 덩그러니 방황하는 것 같아 불안해지기도 합니다. 어른들이 해 주는 말은 사실 잘 와닿지 않죠. 그들은 이미 뭔가가 되어서 그 자리에 있는 것이니까요. 저에게 그 시기는 뭐랄까, 수영을 할 줄 모르는데 십 미터 다이빙대에 올라선 기분이었습니다. 그래서 즐거웠던 기억은 전부 도망과 연관이 있습니다. 답답하고 싫은 기분에서 벗어나기 위해 편의점, 피자집, 서점 혹은 그림과 괴담과 만화와 책 속으로 도망친 기억을 되살려 이 소설을 썼습니다.

어른이 되어도 여전히 과거의 저에게 무슨 말이 필요했는지는 잘 모르겠습니다. 어쩌면 단지 말을 더하는 것보다 중요한 다른 게 있지 않을까 생각합니다.

저는 독서가 좀 더 보편의 취미가 되기를 바랍니다. 더 가볍게 즐기고 이야기 나눌 수 있는 대상이 되기를 바랍니다. 그리고 제 경험상, 책과의 심리적 거리를 가장 크게 줄여 주는 건 어린 시절의 즐거운 읽기 경험 같습니다. 공부하듯이 의도와 주제를 찾기보다는 단지 즐겨 주시기를요. 여러 복잡한 문제들 사이에서 이 책이 잠깐의 휴식이 되었으면 합니다. 짧은 몰입을 통해 자그마한 공감과 위로까지 얻어 가신다면 무척 기쁘겠습니다.

조예은

티쇼츠 002

초승달 엔딩 클럽

초판 1쇄 발행 2024년 8월 30일
초판 4쇄 발행 2024년 11월 15일

지은이 조예은
펴낸이 최순영

어린이문학 팀장 박현숙
키즈디자인 팀장 이수현
디자인 진예리

ⓒ 조예은, 2024

펴낸곳 ㈜위즈덤하우스 출판등록 2000년 5월 23일 제13-1071호
주소 서울특별시 마포구 양화로 19 합정오피스빌딩 17층
전화 02) 2179-5768 홈페이지 www.wisdomhouse.co.kr

ISBN 979-11-7171-250-2 (43810)